LES ROSES D'ATACAMA

DU MÊME AUTEUR
CHEZ LE MÊME ÉDITEUR

Le Vieux qui lisait des romans d'amour

Le Monde du bout du monde

Un nom de torero

Le Neveu d'Amérique

Histoire d'une mouette et du chat qui lui apprit à voler

Rendez-vous d'amour dans un pays en guerre

Journal d'un tueur sentimental

Yacaré / Hot Line

LUIS SEPÚLVEDA

LES ROSES D'ATACAMA

*Traduit de l'espagnol (Chili)
par François Gaudry*

SUITES
Éditions Métailié
5, rue de Savoie, 75006 Paris
www.editions-metailie.com
2003

Titre original : *Historias marginales*
© Luis Sepúlveda, 2000
by arrangement with Dr. Ray-Güde Mertin, Litterarische Agentur,
Bad Homburg, Germany
Traduction française © Éditions Métailié, Paris, 2001
ISBN : 2-86424-472-1
ISSN : 1281-5667

Histoires marginales

Il y a quelques années j'ai visité le camp de concentration de Bergen Belsen, en Allemagne. Dans un silence atroce j'ai parcouru les fosses communes où gisent des milliers de victimes de l'horreur, en me demandant dans laquelle se trouvaient les restes de cette enfant qui nous a légué le plus émouvant témoignage sur la barbarie nazie et la certitude que la parole écrite est le plus grand et le plus invulnérable des refuges, car ses pierres sont soudées par le mortier de la mémoire. J'ai marché, cherché, mais je n'ai trouvé aucune indication qui me conduise jusqu'à la tombe d'Anne Frank.

A la mort physique les bourreaux avaient ajouté la deuxième mort de l'oubli et de l'anonymat. Un mort est un scandale, mille morts sont une statistique, affirmait Goebbels, c'est ce que répétèrent et répètent encore les militaires chiliens, argentins et leurs complices déguisés en démocrates. C'est ce que répétèrent et répètent encore les Milošević, Mladic et leurs complices déguisés en négociateurs de paix. C'est ce que nous crachent les massacreurs d'Algérie, si près de l'Europe.

Bergen Belsen n'est certes pas un lieu de promenade, car le poids de l'infamie y est oppressant, et à l'angoissante question « Qu'est-ce que je peux faire, moi, pour que cela ne se reproduise pas ? » répond le désir de connaître et de raconter l'histoire de chacune des victimes, de s'accrocher à la parole comme unique conjuration contre l'oubli, de raconter, de nommer les faits glorieux ou insignifiants de nos pères, les amours, les enfants, les voisins, les amis, de faire de la vie une méthode de résistance contre l'oubli, car, comme le soulignait le poète Guimarães Rosa, raconter c'est résister.

A une extrémité du camp, tout près de l'endroit où se dressaient les infâmes fours crématoires, sur la surface rugueuse d'une pierre, quelqu'un – mais qui ? – avait gravé, peut-être à la pointe d'un couteau ou d'un clou, le plus dramatique des messages : « J'étais ici et personne ne racontera mon histoire. »

J'ai vu l'œuvre de nombreux peintres mais, qu'ils me pardonnent, jusqu'à maintenant j'ignore le choc émotionnel que – hormis *Le cri* de Munch – peut provoquer un tableau. J'ai regardé d'innombrables sculptures mais je n'ai trouvé la passion et la tendresse, exprimées en un langage que les mots n'atteindront jamais, que dans celles d'Agustín Ibarrola. J'ai dû lire des milliers de livres, mais jamais un texte ne m'a semblé aussi dur, énigmatique, beau et en même temps déchirant que cet écrit sur une pierre.

« J'étais ici et personne ne racontera mon histoire », avait écrit, quand ? une femme ? un homme ? L'avait-il fait en pensant à sa saga personnelle, unique, singulière, ou peut-être au nom de tous ceux dont on ne parle pas dans les journaux, qui n'ont pour toute biographie qu'un passage oublié dans les rues de la vie ?

J'ignore combien de temps je suis resté devant cette pierre, mais à mesure que le soir tombait, je voyais d'autres mains frotter l'inscription pour éviter qu'elle ne fût recouverte par la poussière de l'oubli : une Russe, Vlaska, qui devant la carcasse desséchée de la mer d'Aral m'avait parlé de sa lutte contre cette folie qui avait culminé dans la mort d'une mer pleine de vie. Un Allemand, Friedrich Niemand – Frédéric Personne – qui avait été déclaré mort en 1940 et qui, jusqu'en 1966, avait usé ses semelles dans les ministères et autres temples bureaucratiques pour démontrer qu'il était bien vivant. Un Argentin, Lucas, qui, écœuré des discours hypocrites, avait résolu de sauver les bois de la Patagonie andine avec l'aide de ses seules mains. Un Chilien, le professeur Gálvez, qui, dans un exil qu'il ne comprit jamais, rêvait de ses vieilles salles de classe et se réveillait les mains pleines de craie. Un Equatorien, Vidal, qui résistait aux tabassages des propriétaires terriens en invoquant Greta Garbo. Une Uruguayenne, Camila, qui, à soixante-dix ans, décida que tous les gamins poursuivis étaient des membres de sa famille. Un Italien, Giuseppe, qui arriva au Chili par erreur, se maria par erreur, eut ses meilleurs amis par erreur, fut heureux à cause d'une autre énorme erreur et revendiqua le droit de se tromper. Un Bengali, Mister Simpah, qui aime les bateaux et les conduit à la casse en leur rappelant les beautés des mers qu'ils ont sillonnées. Et mon ami Fredy Taberna, qui a affronté ses assassins en chantant...

Eux tous et beaucoup d'autres étaient là, passant leurs mains sur les mots gravés dans la pierre, et j'ai su que je devais raconter leurs histoires.

UNE NUIT DANS LA FORÊT AGUARUNA

Je ne connais pas cet homme qui s'arrête au bord du fleuve, respire profondément et sourit en reconnaissant les arômes qui flottent dans l'air. Je ne le connais pas, mais je sais que cet homme est mon frère.

Cet homme qui sait que le pollen voyage emporté par la volonté arbitraire du vent, mais confiant et rêvant à la terre fertile qui l'attend, cet homme est mon frère.

Et il sait beaucoup de choses, mon frère. Il sait, par exemple, qu'un gramme de pollen est comme un gramme de soi-même, doucement prédestiné à la boue germinale, au mystère d'où il se dressera tout vivant de branches, de fruits et d'enfants, avec la belle certitude des transformations, du commencement inévitable et de la nécessaire fin, car l'immuable recèle le danger de l'éternel et seuls les dieux ont du temps pour l'éternité.

Cet homme qui pousse son canot sur la plage de sable fin et se prépare à accueillir le miracle qui, chaque soir, dans la forêt, ouvre les portes du mystère, cet homme est nécessairement mon frère.

Pendant que la subtile résistance de la lumière diurne se laisse vaincre amoureusement par l'étreinte des ténèbres, je l'écoute murmurer les mots justes que son canot mérite : « Je t'ai trouvé quand tu n'étais pas plus gros qu'une branche, j'ai nettoyé le terrain qui t'entourait, je t'ai protégé de la fourmi blanche et des termites, j'ai orienté la verticalité de ton tronc et, en t'abattant pour que tu sois mon prolongement dans l'eau, j'ai tracé à chaque coup de hache une cicatrice sur mes bras. Une fois dans l'eau, j'ai promis que nous continuerions ensemble le voyage commencé en ton temps de graine. J'ai tenu ma promesse Nous sommes en paix ».

Alors, cet homme contemple comme tout change, se transforme à l'instant précis où le soleil se fatigue d'être réduit en milliers de particules, multiplié dans les paillettes d'or que charrient les ruisseaux.

La forêt éteint son intense couleur verte. Le toucan replie l'éclat de ses plumes. Les pupilles du coati cessent de refléter l'innocence des fruits. L'infatigable fourmi suspend le déménagement du monde dans sa demeure conique. Le yacaré[1] décide d'ouvrir les yeux pour que les ombres lui montrent ce qu'il a évité de regarder pendant la journée. Le cours du fleuve devient paisible, ingénu dans sa terrible grandeur.

Cet homme qui dispose sur la plage ses amulettes protectrices, les pierres vertes et bleues qui maintiendront le fleuve à sa place, cet homme est mon frère, et avec lui je regarde la lune qui se montre par moments entre les nuages et baigne d'argent la cime des arbres. Je l'écoute murmurer : « Tout va bien. La nuit presse la pulpe des fruits, éveille le désir des insectes, calme l'inquiétude des oiseaux, rafraîchit la peau des reptiles, ordonne aux lucioles de danser. Oui, tout va bien. »

Du haut de son autel de pierres, l'anaconda lové sur la malédiction de son corps dresse la tête pour observer le ciel avec l'innocence des irrémédiablement forts. Ses yeux jaunes sont deux gemmes absentes, étrangères à la rumeur des félins qui, la faim collée aux côtes, pistent leurs victimes dans la brise de cette saison sans pluie qui

1. Caïman.

emporte le pollen vers les clairières ouvertes par l'habileté ou la mesquinerie des hommes, ou par la cruauté électrique de la foudre.

Cet homme qui répand maintenant sur le sable les graines de tout ce qui pousse sur son territoire d'origine, et qui allonge ensuite sur elles son corps fatigué, cet homme est mon indispensable frère.

Dures sont les graines du cusculí, mais elles ramèneront dans ses rêves toutes les bouches avides qui reçurent sa saveur aigre-douce au temps de l'amour. Âpres sont les graines d'achiote, mais leur pulpe rouge orne les visages et les corps des élues. Piquantes sont les graines de la yahuasca, peut-être parce qu'elles dissimulent ainsi la douce liqueur qu'elles produisent et qui, bue sous la protection des vieux sages, dissipe le tourment des doutes sans fournir de réponses, mais en enrichissant l'ignorance du cœur.

Sur une haute branche qui les protège du puma, les singes sursautent en voyant une lueur au loin. C'est cet homme, mon frère, qui vient d'allumer un foyer et m'invite à partager ses biens tandis qu'il murmure tranquillement : « Tout va bien. Le feu attire les insectes. Le jaguar et le fourmillier observent de loin. Le paresseux et le lézard aimeraient s'approcher. Le scarabée et le millepattes se montrent à travers le feuillage. Les langues du feu disent que le bois brûle sans rancœur. Oui. Tout va bien ».

Cet homme, mon frère, m'apprend que je dois approcher mes pieds du foyer et soigner avec la cendre tiède les plaies ouvertes par la longue marche. La pénombre empêche de reconnaître ses tatouages et les traits qu'il a peints sur son visage, mais la forêt connaît la dignité de sa tribu, l'importance du rang dont témoignent ses ornements.

Enveloppé par la nuit, il est simplement un homme, un homme de la forêt qui observe la lune, les étoiles, les nuages, tout en écoutant et en identifiant chaque son qui naît dans l'épaisseur des arbres : le cri terrifiant du singe dans les griffes du félin, la monotonie télégraphique des grillons, le souffle véhément des sangliers, la crécelle du crotale qui maudit sa venimeuse solitude, les pas fatigués des tortues qui viennent pondre sur la plage, la calme respiration des perroquets rendus muets par l'obscurité.

Ainsi, lentement, il s'endort, reconnaissant de faire partie de la nuit sauvage. Du mystère qui l'apparente à la minuscule larve et au bois qui gémit tandis que se tendent les muscles centenaires d'un ombu.

Je le regarde dormir et je me sens heureux de partager le mystère serein qui délimite l'espace entre les tendres questions de la vie et la réponse définitive de la mort.

L'ÎLE PERDUE

Elle s'appelle Mali Lošinj et vue du ciel elle apparaît comme une tache ocre sur la mer Adriatique, en face de la côte d'un pays qui s'appelait la Yougoslavie. Un jour j'y suis allé, sans grands projets ni délais, et dans une vieille maison d'Artatore j'ai écrit le manuscrit de ce qui allait devenir mon premier roman.

Partout fleurissaient les pruniers, les lauriers-roses et les gens. Fleurissait, par exemple, Olga, une belle Croate qui partageait les tâches de sa pension avec son amour pour la voix déchirée de Camarón de la Isla. Fleurissait Stan, un Slovène qui allumait tous les soirs son barbecue, ouvrait des bouteilles de sliwovitz et invitait voisins et passants à jouir de l'hospitalité de sa terrasse. Fleurissait Gojko, un Monténégrin qui fournissait poissons et calmars pour la fête, et Vlado, un Macédonien qui chantait des arias incompréhensibles et non moins belles pour autant. Avec ses récits bien ficelés fleurissait Levinger, le pharmacien bosniaque, juif, ex-infirmier des partisans antifascistes. Parfois, Pantho, un Serbe expulsé de la Marine, jouait de l'accordéon, nous chantions tous, et à la deuxième bouteille de sliwovitz nous fraternisions par d'affectueux diminutifs : Olgitsa, Stanitsa, Goykitsa, Vladitsa, Panthitsa. Nous nous comprenions grâce à une salade babélienne d'italien, d'allemand, d'espagnol, de français et de serbo-croate.

— Tout ce qui compte, c'est qu'on se comprenne, me disaient-ils.

— En Yougoslavie on se comprend, répétaient-ils.

Tschibili, salud, prosit, salute, santé.

Mali Lošinj fut pendant plusieurs années mon paradis secret, jusqu'à ce qu'il se passe quelque chose ; quelque chose que l'on voyait venir et qu'aucun de mes amis n'était capable d'expliquer, mais que l'on percevait dans un changement d'humeur, ou dans une réaction de rejet lorsqu'il était question de l'histoire du pays.

Quand la bestialité du nationalisme serbe ressortit des musées l'attirail *tchetnik* et que la bestialité du nationalisme croate s'habilla en *oustacha*, l'île ne resta pas à l'écart du conflit.

Olga ferma les portes de son cœur au flamenco et celles de sa pension à quiconque n'était pas croate. Pantho se réveilla un jour en marchant seul dans les rues d'Artatore, traînant derrière lui un drapeau serbe et une vieille haine mêlée d'alcool. Le joyeux analphabète qui jouait de l'accordéon répétait le discours grossier de tous les nationalistes et attaquait particulièrement le juif Levinger, en l'accusant, parce qu'il était Bosniaque, d'être un fondamentaliste islamique. Stan partit à Ljubljana et de sa belle maison d'Artatore il ne reste que des photos mutilées par les ciseaux de la rancœur. Gojko et Vlado eux aussi quittèrent l'île, effrayés par Pantho, qui insistait pour les faire mettre en rang dans son triste défilé en l'honneur de la grande Serbie, et par Olga qui voyait en eux un danger orthodoxe pour sa grande Croatie catholique.

Levinger s'installa à Sarajevo peu avant que ne commence le siège serbe. Il m'écrivit une lettre douloureuse : « Il nous a manqué au moins deux générations pour nous libérer du cancer nationaliste dont l'unique symptôme est la haine ».

Chaque fois que je vois la tache de Mali Lošinj sur une carte je sais que l'île est toujours là, sur l'Adriatique, mais je sais aussi que je l'ai perdue pour toujours. Que s'est-il passé ? Je connais l'histoire des Balkans mais je n'arrive pas à comprendre le problème actuel, et je suis sûr que la plupart des Serbes, des Croates, des Monténégrins, des Kosovars, des Slovènes, des Bosniaques et des Macédoniens ne le comprennent pas non plus, car ils n'ont connu que l'efficace manipulation de l'histoire officielle, celle qu'écrivent les vainqueurs.

Peut-être, comme le dit Levinger dans sa lettre, que ces deux générations qui ont manqué auraient osé regarder en face leur histoire mouvementée afin que l'idée toujours fraternelle de justice ouvre le pas à la seule transition possible : celle qui écrase les haines et impose la raison.

L'île perdue me fait mal et me répète que les peuples qui ne connaissent pas à fond leur histoire tombent facilement entre les mains d'escrocs, de faux prophètes, et commettent de nouveau les mêmes erreurs.

Les Jumeaux Duarte

Ce qui rend supportables les retards dans les aéroports ce sont les gens, cette curieuse race spontanée réunie par la colère et l'impuissance, qui, après les premières heures perdues, se détend, soupire qu'il faut faire contre mauvaise fortune bon cœur et finit par se livrer aux confidences.

Lors d'un de ces retards désormais routiniers à l'aéroport de Madrid, une fois surmontée l'envie de déclencher un scandale inutile, je décidai de dormir sur l'un de ces sièges durs dessinés par des criminels de la modernité. J'avais à peine fermé les yeux qu'un discret coup de coude me les fit rouvrir.

— Un petit coup ? dit l'homme, plus ou moins de mon âge, qui me tendait une flasque gainée de cuir marron.

J'acceptai. Il y avait longtemps que je n'avais pas senti la saveur de la *caña*, cet alcool prolétaire qui n'a pas l'arôme de l'*orujo* ni la ferveur de la *cachaça*, mais que j'avais toujours trouvé délicieux pendant les journées pluvieuses de Montevideo.

Je lui rendis le flacon et aussitôt nous nous serrâmes la main.

— Duarte, dit-il, et à mon tour je lui donnai mon nom.

Il était uruguayen, s'envolait d'abord pour Francfort

et de là pour Moscou, où il comptait acheter des accessoires de cirque.

— Ils avaient de bons cirques, les Russes, mais ils les ont démontés, privatisés et envoyés au diable. Même l'école du cirque, ils l'ont fermée. Enfoirés ! se plaignit Duarte.

Je ne sais pas grand-chose des cirques et je suppose qu'il remarqua ma contrariété, car il me montra une photographie sur laquelle on voyait deux trapézistes absolument identiques.

— Nous sommes les Jumeaux Duarte. Vous avez dû entendre parler de nous. On voyageait dans toute l'Amérique avec le cirque Les Aigles Humains. Voilà, c'est nous, les Jumeaux Duarte.

Nous bûmes une autre gorgée. De quoi parle-t-on avec un trapéziste ?

— Rappelez-vous. Les Jumeaux Duarte. Dans votre pays, on y est allés plusieurs fois, quand l'étoile du cirque était le fabuleux Cappi.

Il me revint alors en mémoire une odeur de pop-corn, de sciure, et les souvenirs d'une enfance déjà très lointaine projetèrent l'image d'une roue gigantesque, faite de plaques de fer et de grillage, à l'intérieur de laquelle un motocycliste défiait les lois de la gravité en un interminable et rapide parcours circulaire.

— Le motocycliste ?

— Vous voyez bien que vous vous souvenez de nous !

Oui. De quoi parle-t-on avec un trapéziste ? Je lui demandai ce qu'était devenu l'autre jumeau de la photo.

— Allez savoir. Peut-être qu'il est mort. Peut-être pas. Un jour, en 1974, on se produisait à Colonia et les militaires nous ont foutu le spectacle en l'air. Ils ont embarqué tout le monde, les clowns, le contorsionniste, le dompteur de tigres, le magicien et les musiciens. Tout le monde à la caserne pour un interrogatoire, dès que ce serait fini ils devaient nous relâcher, jusqu'à ce qu'un militaire dise que mon frère Telmo n'était pas uruguayen ni trapéziste mais argentin et guérillero. On s'est défendus comme on a pu, on a montré les actes de naissance, des coupures de la presse internationale, on les a suppliés de bien nous regarder, nous étions pareils, mais ils n'ont rien voulu savoir et ils l'ont emmené de l'autre côté du Rio de la Plata. Je n'ai plus jamais eu de nouvelles de lui.

Elle est amère, la *caña*, comme l'histoire qui tombe goutte à goutte sur une mer que l'on veut faire passer pour calme.

Après l'arrestation de son frère, Duarte n'abandonna pas le cirque. Il continua de se suspendre aux trapèzes, en imaginant que les mains fermes qui le saisissaient au bout du triple saut mortel étaient celles de son double. Ainsi la vie continua-t-elle dans les airs et aussi sur terre, car il se maria et – gloire aux lois de la génétique – sa femme accoucha de deux jumeaux étonnamment identiques.

— Celui-là s'appelle Telmo, comme mon frère, et l'autre, Rolo, comme moi. Les Jumeaux Duarte, dit-il avec fierté tandis qu'il me montrait un programme du cirque où on les voyait vêtus de maillots de couleur en train de saluer le public de leurs mains enduites de poix.

Une voix appela enfin à l'embarquement et je laissai Duarte dans la salle de l'aéroport. Je lui souhaitai bonne chance : qu'il trouve ses trapèzes à Moscou, que ses amulettes protectrices ne l'abandonnent jamais et qu'il salue de ma part les Jumeaux Duarte, gentlemen de l'air libre et innocent des cirques.

Mister Simpah

Un matin de 1982, l'équipage du *Moby Dick* fut réveillé par les cris de quelqu'un qui demandait l'autorisation de monter à bord. Nous faisions relâche à Singapour pour une escale d'avitaillement avant de poursuivre un long voyage commencé deux mois plus tôt à Rotterdam. Nous devions continuer jusqu'à Kota Kinabalu, au nord de Borneo, où nous effectuerions les derniers achats de vivres avant de faire route à toute vapeur vers le nord.

Il nous fallait éviter la moindre rencontre avec les pirates qui infestaient les mers de Palawan et les Philippines, des pirates fort peu romantiques qui n'hésitaient pas à assassiner des équipages entiers.

Notre but était le port de Yokohama. Là nous attendaient plusieurs dizaines d'activistes de Greenpeace pour bloquer et empêcher l'appareillage de la flotte baleinière japonaise.

Le capitaine, un Néo-Zélandais du nom de Terrier, rebaptisé Fox par Liliana, l'Argentine médecin du bord, se pencha au bastingage et ordonna :

— Montez et arrêtez de crier !

Ce fut la première fois que je vis cet homme souriant, vêtu d'un pantalon bouffant et d'un turban, qui se présenta comme un personnage échappé d'un roman de Salgari :

— Bonjour. Je m'appelle Simpah et je sais tout faire.

Il nous manquait un électricien à bord, et lorsque le capitaine l'informa que tous les membres d'équipage étaient des volontaires, de sorte qu'il ne serait pas cher payé pour jeter un coup d'œil aux installations, il répondit que l'argent n'avait pas d'importance. Il se contenterait que nous le débarquions au prochain port.

— Ainsi, je me rapprocherai un peu plus du paradis, dit-il.

— Et comment est le paradis ? demanda quelqu'un.

— Très triste. Mais j'y suis heureux, répondit-il.

Pendant les trois jours de navigation jusqu'à Kota Kinabalu, Mister Simpah démontra qu'il était non seulement un bon électricien, mais aussi un excellent cuisinier et un compagnon agréable. Sans jamais se départir de ses gestes cérémonieux, il nous raconta qu'il était bengali, mais qu'il vivait à Timor, dans un endroit appelé Silang Kupang, à une vingtaine de milles au sud d'Ocussi. Sur ses quarante-deux ans il en avait passé trente à naviguer, jusqu'à ce que, muni d'assez d'argent pour acheter une parcelle de paradis, il décidât de s'y établir.

Nous prîmes congé de Mister Simpah à Kota Kinabalu. Nous le regrettâmes quelques heures, mais la vie en mer, particulièrement sur un bateau comme le *Moby Dick*, se chargea de nous faire oublier son départ par une foule de problèmes.

Je n'eus plus de nouvelles de lui. Je ne repensai pas à Mister Simpah. Et je ne pris jamais la peine de regarder sur une carte où diable se trouvait Timor.

Huit ans plus tard, la vie, toujours à la merci de vents imprévisibles, me conduisit à l'île de Timor comme scénariste d'un reportage télévisé sur le plus grand cimetière de bateaux et les démolisseurs les plus mal payés de la planète.

Un véhicule tout-terrain me transporta d'Ocussi à Silang Kupang, qui n'est pas un village, ni un bled, ni une bourgade, mais une fourmilière humaine composée de milliers d'individus, qui rognent, arrachent, éliminent tout signe de dignité des navires condamnés à la mort par dépeçage.

L'équipe de télévision voulait commencer rapidement le travail mais ne savait par où l'aborder. Je me rappelle la tristesse de certains lieux, mais Silang Kupang resta collé à mes neurones comme une plaie. Il est difficile d'imaginer un spectacle plus triste que celui d'un bateau à l'agonie. Les bateaux meurent dans des gémissements de métal, sans gloire, dans une résignation honteuse face au destin.

J'étais en train de parler avec un groupe d'usuriers chargés de fixer le prix des restes de métal, de bois, de fil de fer et d'instruments, quand une main me secoua amicalement l'épaule.

C'était Mister Simpah, avec le même sourire que je lui connaissais, le même pantalon bouffant, le même turban.

Il ne me laissa pas le temps de le saluer, et tout en me demandant des nouvelles des camarades du *Moby Dick* et combien de temps j'allais rester à Timor, il m'entraîna vers une plage souillée de rouille et de résidus visqueux.

— Mon paradis. Comment vous trouvez ?
— C'est ça, votre paradis ? parvins-je à dire.
— En ce moment c'est un peu triste, mais jusqu'à hier il y avait plus de deux cents personnes en train de dépecer un bateau. C'était un céréalier. Une partie de la quille est encore sous l'eau.

Mister Simpah remarqua ma perplexité et me parla alors de son travail. Avec ses économies il avait acheté un bout de plage pas plus grand qu'un court de tennis. Là étaient dépecés les bateaux qu'il menait lui-même à la mort.

Le travail était simple : un équipage réduit au minimum conduisait les bateaux vétustes jusqu'à deux milles de la côte, où il les abandonnait, et Mister Simpah prenait la barre. Il attendait la pleine mer et, quand elle arrivait, il poussait les machines au maximum vers la plage où le bateau s'échouait. Ensuite, les fourmis humaines armées de chalumeaux, de marteaux, de barres de fer, ou de leurs seules mains, faisaient le reste.

— C'est triste, mais avec moi les bateaux ne souffrent pas quand ils vont à la casse, parce qu'en attendant la pleine mer je leur parle, je leur rappelle tous les ports qu'ils ont touchés, toutes les langues qu'ils ont entendues, tous les marins, tous les drapeaux. Les bateaux sont des animaux nobles et ils arrivent résignés au paradis du travail.

Qu'est devenu Mister Simpah ? Et son paradis de métal vaincu ?

SUR LES TRACES DE FITZCARRALDO

Si je devais écrire une biographie de Fitzcarraldo je commencerais par dire qu'il fut un triste individu auquel les arbres ne laissèrent pas voir la forêt de Manú.

Pendant des siècles Manú demeura caché au regard cupide des conquistadors, et les rares à s'aventurer dans ces forêts en quête de fortune rapide, soit se perdirent pour toujours avalés par les mécanismes d'autodéfense de la nature, soit en ressortirent déçus en inventant toutes sortes de boniments.

Certains prétendirent avoir affronté des armées d'amazones sanguinaires, femmes belles et cruelles qui, entre deux combats, folâtraient parmi les troncs au bord des fleuves. Aujourd'hui nous savons qu'il s'agissait de loutres géantes, les plus grosses de leur espèce, qui continuent de régner sur les lagunes formées par les fleuves Manú et Madre de Dios.

Pendant des siècles Manú resta dans l'oubli, jusqu'en 1896 où l'Europe et les Etats-Unis décidèrent qu'il n'était de richesse, de progrès ni de bien-être possible sans la ductile présence du caoutchouc. Cette même année, l'individu en question, un des pires aventuriers de tous les temps, le brutal et sans scrupules Charles Fitzcarraldo foula de ses bottes les forêts de Manú.

Amoureux du bel canto, il se déplaçait toujours avec

un gramophone et des centaines de disques de carbone. Les Indiens Machiguenga l'appelèrent « celui qui porte les voix des dieux » et, admiratifs, l'accueillirent avec une exemplaire générosité. Les Kogapakori et les Ashuar se comportèrent de la même manière. La réponse de Fitzcarraldo fut d'en faire des esclaves pour recueillir les milliers de gouttes de latex qui couleraient chaque jour des cicatrices ouvertes sur les arbres à caoutchouc, mais la seule chose qui coula en abondance fut le sang des habitants d'Amazonie. Les calculs les plus optimistes font état de trente mille Indiens morts en une année. Ce fut la première grande rencontre de Manú avec la civilisation occidentale et chrétienne.

Un an plus tard, alors que Fitzcarraldo naviguait sur l'Urubamba, à la recherche d'un port qui pût servir de terminus pour le chemin de fer qu'il avait commandé en Allemagne, la forêt se vengea et avala à jamais le sanguinaire aventurier.

Certains soutiennent qu'il se noya lentement dans un marécage et que lorsqu'il ne resta plus que sa tête à la surface il se mit à chanter une aria, la première du genre à culminer dans un atroce gargouillis d'eau et de feuilles pourries. D'autres assurent qu'exténué par plusieurs journées de navigation sur le Río Madre de Dios, il s'endormit et que les indiens profitèrent de son absence onirique pour sauter à l'eau et l'abandonner à la merci du courant.

Quoi qu'il en soit, la mort de Fitzcarraldo eut pour effet que le monde oublia cet endroit nommé Manú, qui commence sur la partie la plus élevée du *cerro* Tres Cruces, à presque quatre mille mètres au-dessus du niveau de la mer, et d'où l'on peut se pencher sur un abîme de nuages, tantôt blancs, tantôt gris, qui laisse penser qu'au-dessous continue le paysage ocre des Andes, mais il suffit de descendre de cinq cents mètres pour retrouver l'empire de l'eau.

Il fait froid en haut, très froid, un froid accru par des

pluies soudaines et persistantes qui favorisent la croissance d'une végétation clairsemée, riche en lichens, en mousses, en orchidées incomparables, en herbes médicinales et en fortes racines qui filtrent les sédiments et les minéraux charriés par les torrents formés par les pluies et chargés de substances vitales pour Manú et l'Amazonie.

Parfois, au cours de la descente, une ouverture dans la couche de nuages laisse fugacement entrevoir la présence émeraude d'un lac ou le vol d'une bande de « cous de serpent », une variété de grue palmipède au plumage bleu noir et blanc, au long cou gris et au bec jaune allongé. Alors je ressens un bonheur que n'a pas connu le malheureux Fitzcarraldo, celui de savoir que, des neuf mille espèces d'oiseaux qui vivent sur la planète, presque mille sont concentrées à Manú. Pourtant ce bonheur est bref, car aussitôt je me rappelle que dans la vieille et savante Europe, des trois mille espèces d'oiseaux répertoriées au début du siècle, il ne reste que cinq cents. Quelle grande invitation à en finir avec cette absurde coutume de la chasse de fin de semaine, de tuer tout ce qui vole.

La descente continue. A deux mille mètres le froid persiste et l'humidité s'empare des vêtements. Ce n'est pas une descente facile ; les avalanches sont fréquentes et il suffit que les racines d'un arbuste cèdent pour que des tonnes de boue et de sédiments se mettent à dévaler la pente.

Depuis 1987, où l'UNESCO a déclaré Manú patrimoine de l'humanité, il est possible de prendre un avion de Cuzco jusqu'à la forêt, mais le charme du voyage réside précisément dans ses difficultés, lesquelles sont dûment récompensées car, à chaque mètre descendu, la végétation change, la grosseur des espèces augmente, ainsi que la variété des orchidées, le parfum intense et rafraîchissant de fleurs inconnues. Tout croît et prend de plus en plus de place, comme si la puissante volonté de la forêt imposait que le moindre espace ne doive pas rester sans vie.

A mesure que l'on descend, la température augmente. Dans la vallée de Pilcopata, presque au niveau de la mer et avec les nuages enfin au-dessus de soi, on respire l'air unique de l'Amazonie. Là commence Manú, un million six cent mille hectares – quasiment la superficie de la Suisse – qui forment le dernier des grands jardins naturels, pour l'heure à l'abri de l'ambition destructrice des multinationales de l'or, du bois, ou du pétrole.

Le sentier commencé à Pilcopata se termine au hameau de Shintuya. Là, après avoir mangé un bon morceau de *boca chica*, un délicieux poisson accompagné d'une sauce à la noix de coco, je négocie avec un Machiguenga pour qu'il me conduise en canot, sur le Río Madre de Dios, jusqu'à son confluent avec le Manú.

Les Machiguenga sont généralement trilingues ; ils parlent leur dialecte, le quechua, qui leur sert de langue véhiculaire pour communiquer avec les autres peuples amazoniens, et un espagnol cérémonieux et riche en gérondifs.

— Pas pleuvant, nous un beau voyage faisant, me dit-il tandis que je m'installe dans la quille de l'embarcation. Je touche l'eau, elle est très froide, peut-être pour nous rappeler que sa source est toute proche, mais à deux mille mètres d'altitude.

La navigation à peine commencée, le canot est survolé par les curieux « coqs de roche », des oiseaux au plumage noir et soyeux sur la poitrine, à la tête ourlée d'une sorte de bosse couverte par un manteau de plumes rouges qui descendent jusqu'au milieu du dos. Sur les deux rives on voit des arbres peuplés de milliers de perroquets de toutes les couleurs, muets et comme en attente au passage de l'embarcation. Des seize espèces de perroquets que l'on trouve en Amérique du Sud, sept vivent dans la forêt de Manú, satisfaits de l'abondance des fruits et sans autre occupation que celle d'exercer leur étonnant talent d'imitation de n'importe quel son, notamment le coassement grave et grotesque du « crapaud à cornes », un gigantesque batracien qui ressemble à une énorme bouche verte couronnée par deux cornes marron.

Sur des troncs à moitié submergés, les tortues invitent à la contemplation oisive des vingt mille espèces de papillons de Manú, car ici c'est la terre des couleurs, et en font foi non seulement les papillons mais aussi la *theobroma*, une orchidée d'un rouge vif, phosphorescente au crépuscule, qui pousse sur les troncs de la *chonta*, ou encore la *lèvre de fiancée*, une autre variété d'orchidée bleue au parfum vanillé. On trouve aussi à Manú des couleurs stimulantes pour les papilles, comme celle de la *tabernamontana* qui invite l'assoiffé à boire sa pulpe orangée et parfumée.

Le canot avance et la forêt change, elle change sans cesse, elle n'est jamais pareille. Parfois, derrière un coude du fleuve, les cimes des arbres sont cachées par de gros nuages. D'autres fois, les troncs semblent flotter sur l'épais brouillard qui tapisse le sol. Les îles dispersées sur le fleuve tiennent beaucoup de l'arche de Noé. Des centaines d'espèces y vivent sans autres peurs que celles inhérentes à la lutte pour la survie, sans plus de violence que celle nécessaire.

Entre deux îlots, le pagayeur m'indique un point sur le ciel bas et proche. J'ai alors le privilège de voir un oiseau unique, une « harpie », le plus rapide et implacable des rapaces.

Je suis son vol. Je sais que, par exemple, elle fondra sur un étonnant « singe grognon », un singe couleur de miel, aux yeux rouges et aux grimaces agressives. Le cri du singe fera tressaillir la forêt, la harpie tentera en plein vol de lui planter ses serres et le singe cherchera à lui enrouler autour du cou sa forte queue préhensible pour l'étrangler. L'un des deux vaincra, mais seule la forêt le saura, il n'y aura pas d'autres témoins que le majestueux jaguar, le boa taciturne, ou quelque Indien piro venu des profondeurs de l'Amazonie en quête de plantes médicinales.

Après cinq heures de navigation nous accostons de vastes plages peuplées de loutres géantes, belles, sensuelles, toujours en alerte face à la menaçante et tenace férocité des caïmans, heureusement leurs seuls ennemis aujourd'hui.

On estime qu'il y a cinquante ans, environ dix mille loutres géantes vivaient dans les fleuves amazoniens. La peau de la plupart d'entre elles a fini sur le dos de dames argentées d'Europe et des Etats-Unis. Actuellement il en reste une centaine à Manú, et ce sont les dernières loutres géantes de notre malheureuse planète.

Manú est un territoire de survivances et de contrastes. Sur un hectare on dénombre deux cents espèces d'arbres. Dans toute l'Europe il y en a à peine cent soixante. Ici, la vie s'immole et se recrée dans le formidable chaos des origines. Les orages abattent les arbres les plus hauts, les fleuves les submergent et les troncs servent de nourriture aux poissons et aux insectes qui, passée la saison des pluies, seront la meilleure invitation pour les cigognes *jabiru*, venant de l'Atlantique, fatiguées de survoler le Chaco Impénétrable et le bas Mato Grosso.

Ainsi tombe la nuit et le pagayeur machiguenga me propose une anse du fleuve pour nous reposer. Nous partageons son manioc bouilli et mes biscuits complets. L'eau du fleuve et quelques cigarettes incitent à bavarder un moment.

Pendant qu'il entoure l'endroit de ses amulettes protectrices, il m'énumère, dans son espagnol particulier, tout ce qu'il a vu pour que je comprenne que le monde à Manú est comme il doit être. Allongé près du feu je regarde les étoiles et je sens la présence de millions d'insectes. Oui. De millions. En 1959 les scientifiques du Smithonian Institute réalisèrent le premier cadastre entomologique de Manú et conclurent que la richesse de la planète avait augmenté de trente millions d'espèces.

La nuit en forêt enveloppe tout de son silence particulier construit de mille rumeurs. C'est le mécanisme prodigieux de la vie qui tend ses muscles pour faciliter l'accouchement de la « Vénus nocturne », une petite orchidée de la taille d'un bouton de chemise, d'un violet vif, qui ouvre ses pétales aux premières lueurs de l'aube et meurt quelques minutes plus tard, car la minuscule éternité de sa beauté ne résiste pas à la lumière de Manú qui change sans cesse, selon les humeurs du ciel, de l'eau et du vent.

Fitzcarraldo ne vit rien de tout cela. La cupidité sera toujours comme une aiguille de glace dans les pupilles.

Shalom, poète

Je n'ai jamais rencontré le poète juif Avrom Sützeker, mais un petit volume de ses vers traduits en espagnol m'accompagne où que j'aille.

J'admire les résistants, ceux qui ont fait du verbe « résister » chair, sueur, sang, et ont démontré sans faire de simagrées qu'il est possible de vivre debout, même dans les pires moments.

Avrom Sützkever est né un jour de juillet 1913 à Smorgon, un petit village proche de Vilnius, la capitale de la Lituanie. Il apprit à nommer les petites merveilles de l'enfance en yiddish et en lituanien, mais, avant d'atteindre sept ans – car il était juif et comme tel condamné à l'errance – sa famille dut émigrer à Omsk en Sibérie, où il rencontra la langue kirghiz, la seule langue capable de décrire la mélancolique nature sibérienne.

Ciels infinis, hurlements de loups, vent, toundra, bois de bouleaux et son père égrenant des notes sur un violon nostalgique sont les éléments qui nourrissent les premiers vers de Sützeker, mais la vie qui attendait le petit poète n'était pas tapissée de roses.

A neuf ans, après la mort du père, il revint à Vilnius qui, comme toutes les villes d'Europe orientale comptant une présence juive significative, était un foyer de rayonnement culturel. Einstein et Freud se rendaient souvent dans cette « Jérusalem de la Baltique », comme on l'appelait, pour y prononcer des conférences et approfondir leurs théories. Les revues littéraires, scientifiques et politiques proliféraient. L'importance éthique de cette Vilnius éclairée dépassait les frontières, jusqu'à ce que commencent à se faire entendre les grognements de la bête nazie et que l'agression allemande contre la Pologne déclenche la Deuxième Guerre mondiale.

Les bateaux peuvent-ils faire naufrage à terre ? / Je sens sous mes pieds des bateaux qui naufragent, écrivit Sützkever, qui ne tarderait pas à connaître les premiers effets du naufrage ; les Allemands envahirent la Lituanie et les Juifs furent confinés dans un ghetto.

La première nuit au ghetto est la première nuit dans le sépulcre / après on s'habitue, écrivit Sützkever, cependant ses vers ne renfermaient aucune résignation, mais disaient la nécessité de résister pour sortir du sépulcre.

Au bout de deux ans dans le ghetto de Vilnius, un matin, les nazis dirent aux gens, aux êtres vivants, aux membres de la grande famille humaine qu'ils devaient mourir le jour même. Avrom Sützkever se vit parmi eux, creusant la fosse où tomberaient les corps.

Les pelles et les bêches entraient et sortaient d'une terre amollie par les pluies, sans rencontrer d'autre résistance que des gravats, un noyau, ou un bout de racine. Soudain, la bêche que tenait Avrom Sützeker coupa en deux un ver de terre, et le poète contempla avec étonnement les deux parties qui se suivaient en bougeant...

... le ver coupé en deux devient quatre / une autre coupure et les quatre se multiplient / et tous ces êtres sont créés par ma main ? / Le soleil revient alors dans mon âme sombre / et l'espoir fortifie mon bras : / si un petit ver ne se rend pas à la bêche / serais-tu par hasard moins qu'un ver ?

Avrom Sützveker survécut à cette fusillade. Blessé, il tomba dans la fosse parmi ses camarades morts, ils furent recouverts de terre, mais il continua de résister.

Sa raison résista et fut plus forte que la peur et la douleur. Son intelligence résista et fut plus forte que la colère. Son amour de la vie résista et il y puisa l'énergie nécessaire pour échapper à la mort, vivre clandestinement dans le ghetto et organiser une colonne de combattants qui, commandée par le poète, initia la résistance armée dans les pays baltes.

Les survivants de l'holocauste ne cesseront jamais de se souvenir des messages d'espoir que, en pleine horreur, Sützkever leur faisait parvenir dans les ghettos d'Europe centrale et parfois même jusque dans les camps d'extermination. L'un d'eux est un mémorable et magnifique chant de résistance intitulé « Ville secrète ». Sützeker y décrit la vie de dix personnes – le quorum juif pour prier en communauté – qui survivent dans la totale obscurité d'un cloaque. Ils n'ont rien à manger mais l'un d'eux se charge de respecter le rite kascher. Ils sont à moitié nus, mais un autre se charge de l'entretien des vêtements. Une femme enceinte s'occupe des soins et de l'éducation des enfants, ils n'ont pas de médecin mais quelqu'un conseille et console, un aveugle surveille, car son monde est celui de l'obscurité, un rabbin tout juste vêtu d'un parchemin secret demande à être le cordonnier, un jeune garçon prend leur tête et organise la vengeance, un maître d'école tient quotidiennement la chronique qui préserve la mémoire, et un poète se charge de leur rappeler la beauté.

En 1943, le poète a trente ans et est un des leaders les plus importants de la résistance antinazie. Son prestige dépasse les frontières et, après plusieurs tentatives infructueuses, un avion militaire soviétique parvient à atterrir derrière les lignes allemandes pour le ramener à Moscou. Là, il est attendu par Ilya Ehrenbourg et Boris Pasternak. Devant le comité antifasciste juif il rend compte des soulèvements dans les ghettos de Varsovie et de Vilnius et réclame les trois choses capitales qui auraient peut-être sauvé de nombreuses vies : décision, armes et solidarité.

Les intellectuels l'invitent à rester en URSS, les poètes louent sa poésie, lui offrent même le prix Staline, mais Avrom Sützkever rejette tout et décide que sa place est dans la Résistance.

La guerre finie, Sützkever fut un témoin clé lors du procès de Nuremberg contre les hiérarques nazis, puis, répugnant à trop se montrer, en 1947, à bord d'un bateau appelé *Patrie*, il arriva en Palestine – *où chaque pierre est mon grand-père* – à la veille de la naissance de l'Etat d'Israël.

Je n'ai jamais rencontré le poète juif Avrom Sützkever, mais il m'a appris que *nous les rêveurs devons nous convertir en soldats*. Je sais qu'il aura bientôt quatre-vingt-huit ans et qu'il détestera sûrement qu'on mentionne son âge vénérable, parce que *les vieillards meurent en pleine jeunesse / et les grands-pères ne sont que des enfants déguisés*.

Je ne l'ai jamais rencontré, mais ses vers et son exemple m'accompagnent comme le pain et le vin.

LE PIRATE DE L'ELBE

Une rue de Hambourg porte le nom du bourgmestre Simon von Utrecht, mais presque aucun Hambourgeois ne sait qui fut cet individu ni pourquoi il a mérité qu'on se souvienne de lui. Tout ce qu'ils savent c'est qu'il ordonna l'exécution d'un homme qui, lui, reste vivant dans les mémoires irrévérencieuses par des centaines de chansons et de récits qui se racontent au bord de la mer du Nord ou dans les cafés chaleureux de Weddel et de Blankenesse.

L'homme dont on se souvient ainsi s'appelait Klaus Störtebecker et était un pirate. Le pirate de l'Elbe.

En 1390, la Ligue Hanséatique imposait par le fer et par le feu sa domination mercantile sur l'Atlantique nord et la mer Baltique. La Ligue avait instauré des impôts absurdes, fixé des prix arbitraires aux artisans et aux agriculteurs, et sur leurs mille bateaux les capitaines hanséatiques avaient recours à la potence pour châtier la moindre faute.

Mais, comme cela s'est toujours passé dans l'Histoire, un groupe de marins commandés par Klaus Störtebecker, un géant au visage féroce et à la barbe rousse, finirent par dire non, assez d'impôts, de fouet et de corde, et à l'issue d'une mutinerie, s'emparèrent d'un navire qui commença de naviguer sous le drapeau de la liberté.

En 1392, dans l'île de Gotland, les hommes de Störtebecker dictèrent leur déclaration de principe à un prêtre qui traduisit en latin les paroles prononcées dans tous les dialectes parlés au nord de l'Europe. Elles disaient que les hommes sont choisis par Dieu pour pratiquer le bonheur et que seul le bonheur dispense la vitalité nécessaire pour endurer n'importe quelle pénurie.

Dès lors ils décidèrent de s'appeler « Die Vitalienbrüder », les Frères Vitaux, et devinrent le fléau de la Ligue Hanséatique.

Ils arraisonnaient les bateaux chargés de marchandises, interrogeaient les marins sur les derniers châtiments infligés, et nombreux furent les officiers et les capitaines qui sentirent dans leur chair les coups de griffe du chat à sept queues, ou l'air raréfié du gibet. Le butin était réparti, une moitié pour la confrérie, l'autre moitié aux populations riveraines de l'Elbe ou des côtes de la Baltique. L'arrivée de Störtebecker et des Vitalienbrüder était attendue comme une bénédiction par les pauvres de l'époque.

Comme il fallait s'y attendre, la Ligue Hanséatique mit à prix la tête du pirate, et des dizaines de capitaines allemands, suisses et danois se lancèrent à sa poursuite.

Ils n'eurent pas la tâche facile, car Klaus Störtebecker connaissait tous les secrets de l'Elbe et résista jusqu'aux premiers mois de 1400.

Un matin de printemps de cette année-là, tout Hambourg se donna rendez-vous à Teuffelsbrücke, le Pont du Diable, pour assister à l'exécution du pirate et d'une centaine de ses camarades.

Simon von Utrecht, le bourgmestre, prononça la sentence d'une voix ferme : mort par décapitation. Le bourreau fit briller son épée et attendit la première victime, qui devait être un simple matelot, car une partie du châtiment infligé à Störtebecker était de voir mourir ses hommes.

Alors le pirate à barbe rousse prit la parole :

— Je veux être le premier, et de plus, monsieur le bourgmestre, je vous propose un marché pour améliorer le spectacle.

— Parlez, ordonna Simon von Utrecht.

— Je veux passer le premier. Je veux être décapité debout et je veux que pour chaque pas que je ferai, après que ma tête aura touché le sol, un de mes hommes soit gracié.

Vive le Pirate de l'Elbe ! cria quelqu'un dans la foule, et le bourgmestre, persuadé que tout cela n'était que fanfaronnade, accepta.

La sifflante lame d'acier fendit l'air du matin, entra par la nuque et ressortit par le menton du pirate. La tête tomba sur les planches de l'échafaud et, à la stupéfaction générale, le décapité fit douze pas avant de s'effondrer.

Cela eut lieu un matin de printemps de l'année 1400. Presque six cents ans plus tard, la première semaine de juillet 1999, la police de Hambourg arrêta un groupe de jeunes qui tentaient pour la énième fois de changer le nom d'une rue. Ils portaient de longs autocollants bleus aux lettres blanches sur lesquels on pouvait lire : « Rue Klaus Störtebecker », et dont ils recouvraient les plaques métalliques qui portaient le nom de l'obscur bourgmestre Simon von Utrecht.

Mes enfants aiment cette histoire et j'espère la raconter un jour à mes petits-enfants, car s'il est bien vrai que la vie est brève et fragile, il n'est pas moins vrai que la dignité et le courage lui donnent la vitalité qui nous permet de supporter ses pièges et ses malheurs.

CHUCHÚ ET LE SOUVENIR DE BALBOA

« L'histoire de Panama est si fiévreuse qu'elle ne peut être expliquée qu'à travers la littérature. » C'est ce que j'ai entendu dire par José Jésus Martínez, alias *Chuchú*, l'homme qui en savait le plus sur l'isthme, ses forêts, les animaux et les gens. En tapant ces lignes, j'écoute sa voix sur une bande enregistrée en 1979 et je sais que je ne pourrai pas écrire sur Balboa sans l'aide de son souvenir.

« Et Panama est aussi une terre d'ingrats, ici on n'a jamais su et on ne sait toujours pas pour qui on travaille », ajoute Chuchú Martínez en regardant le bout incandescent de son havane dans un restaurant de Colón. Une fois de plus il a raison, car dans le livre écrit par le Bachelier, il n'y a pas une seule mention du voyage de Balboa et de la découverte du Pacifique, de la même manière qu'on minimise le mérite de don Rodrigo Galván de Bastidas d'avoir été le découvreur de Panama, bien que les écoliers panaméens chantent en chœur, tous les lundis, que la période hispanique du pays commence avec lui.

Galván de Bastidas était un commerçant sévillan et un navigateur expérimenté qui accompagna Colomb dans son deuxième voyage au Nouveau Monde. Il navigua le long de la côte nord-est de l'Amérique du Sud, puis de l'Amérique centrale jusqu'à l'île de San Blas. Il fut le premier Européen à fouler la terre américaine, tandis que le Grand Amiral génois restait à bord et examinait jusqu'à l'obsession les cartes marines de Paolo Toscanelli, convaincu qu'il se trouvait tout près de l'Asie ; pourtant, grâce à ceux qui ne connaissent pas l'histoire, Colomb s'appropria la gloire d'avoir été le fondateur de la première ville européenne du continent : Santa María de Belén, fondée en 1503, sur la côte caribéenne de Panama. Comme dit Chuchú : personne ne sait pour qui il travaille.

« Comme ceux d'aujourd'hui, ces temps-là étaient riches en stupidités surprenantes. Tu connais l'histoire de la nef des rats ? » demande Chuchú, et sans attendre ma réponse, il commence à raconter avec son accent caribéen.

Une fois fondée Santa María de Belén, Colomb, très inquiet du retard du capitaine Fernando Alvarez Hidalgo de la Sierra, qui devait arriver d'Espagne avec des vivres, partit en mer à sa rencontre et, quelques jours plus tard, un gabier aperçut à l'horizon une caravelle à la dérive. Le Grand Amiral ordonna de l'aborder et découvrit en montant à bord un spectacle ahurissant.

Le navire grouillait de centaines de rats qui avaient dévoré toutes les provisions et s'étaient acharnés sur les pauvres marins. Ils rongeaient les os nettoyés de ces malheureux. Ils rongeaient tout : des voiles il ne restait que des lambeaux, les câbles n'étaient plus que des filaments, et sur le château de poupe, aux boiseries ornées de motifs en relief, de petits rats s'amusaient à entrer et sortir des orbites vides du capitaine.

Fernando Alvarez Hidalgo de la Sierra, catholique rigoureux, avait toujours vu dans les chats l'incarnation de Satan, aussi s'était-il refusé à embarquer ces félins si utiles à bord d'un vaisseau.

« Balboa. Vasco Núñez de Balboa. De lui on ne sait pas grand-chose. Sa biographie est pleine de lacunes peut-être prémonitoires de ce que serait plus tard l'histoire du Canal », ajoute Chuchú.

Vasco Núñez de Balboa, d'après les gravures que l'on connaît de lui, était un aventurier de belle allure né à Jerez de los Caballeros, en 1475. Il venait d'avoir vingt-cinq ans quand il décida qu'une partie des richesses des Indes, dont on parlait tant, lui revenaient et, de but en blanc, il s'embarqua sur le vaisseau commandé par Galván de Bastidas. Son nom apparaît pour la première fois dans la chronique de la fondation de Santa María de Belén, l'établissement qui fit penser à Colomb, aux membres de l'expédition et à de Bastidas lui-même qu'en s'appuyant sur cette arrière-garde et sur cette source de ravitaillement, il leur serait facile de trouver la Terre de l'Or, El Dorado, ou quel que soit le nom donné à cette supercherie qui, d'après Colomb, se situait nécessairement plus au sud.

Mais la bonne étoile refusa de briller sur la ville. Les attaques constantes des Indiens caraïbes, excédés par les abus de ces étrangers, les nuées de moustiques pourvoyeurs de fièvres terribles, le climat chaud et humide que, curieusement, seuls les Biscaïens supportaient, la végétation épaisse et impénétrable, l'inhospitalière région montagneuse qui empêchait d'exécuter les ordres de l'Amiral et de chercher un passage vers le sud, les obligèrent à abandonner les lieux et, le 16 avril 1503, à appareiller vers l'Espagne, sans grande gloire et accablés de peines.

On ne sait pas avec certitude ce que fit Balboa, ni où il passa les sept années suivantes, mais en 1510 et, selon certains, fuyant ses créanciers, il se mit sous les ordres de Martín Férnandez de Enciso, dit le Bachelier, qui organisa à partir de Saint-Domingue une expédition pour secourir Alonso de Ojeda, compagnon de Colomb, célèbre pour avoir été l'auteur du guet-apens ayant permis la capture de l'indomptable cacique Caonabó, et qui, en 1499, quitta Cadix avec sa propre expédition où figuraient deux illustres marins : Juan de la Cosa et Américo

Vespucci. Ojeda était assiégé par les Indiens dans la colonie de San Sebastián, face au golfe d'Uraba.

« Ojeda était un type sensé. Il a découvert et baptisé le Vénézuela, il est revenu en Espagne couvert de chaînes, accusé de vol et de prévarication, il n'a sauvé sa peau que grâce à son amitié avec l'évêque Fonseca, il est reparti en Amérique centrale auréolé de gloire et de majesté, et il a fondé le fort de Calamar à Carthagène. Puis, fatigué de se battre, il s'est retiré et a fini ses jours dans un couvent franciscain d'Hispaniola. Jeter l'éponge à temps est un acte de bon sens », assure Chuchú.

Balboa n'était pas de ceux qui jettent facilement l'éponge. Avec le Bachelier et un corps expéditionnaire il arrive trop tard à San Sebastián, il trouve la colonie détruite et, avec les survivants, s'enfuit vers Carthagène. Là, Enciso, qui dispose de plusieurs nefs et bâtiments, leur ordonne de repartir à Uraba, mais Balboa s'y oppose et estime qu'il est plus sûr de se diriger vers le golfe de Darién pour y installer un nouvel établissement.

« Balboa était un aventurier, mais il pressentait que tout ce qui brille n'est pas or. Il a peut-être été le premier à voir les autres richesses de l'isthme », explique Chuchú.

Enciso maintint ses ordres, mais Balboa lui répliqua que, avec une fortification sur les hauteurs du golfe dominant la plage par devant, et la protection de la forêt par derrière, ils seraient à l'abri comme nulle part ailleurs.

Et c'était vrai, car le golfe de Darien était entouré d'une épaisse forêt de corotus, de merisiers, d'orangers sauvages, de lauriers, d'acajous noirs qui, outre leur protection, offraient de bons bois pour construire maisons et bateaux.

La discussion des Espagnols se termina par l'arrestation du Bachelier. Balboa prit le commandement, lui confisqua ses biens et le renvoya enchaîné en Espagne, sous l'accusation d'avoir exercé un commandement sans autorisation royale.

En 1511, sous les ordres de Balboa, se dressait Santa María la Antigua del Darién, appelée à être la ville la plus importante de la province de Castilla del Oro, qui s'étend d'Uraba à ce qui est aujourd'hui le Honduras.

L'enclave grandit rapidement. Dans la forêt toute proche les colons entendaient le chant des oiseaux, le rugissement des pumas et des jaguars, ils chassaient le sanglier, le tapir et la chèvre sauvage, ils craignaient le boa et le mortel serpent corail, ils s'amusaient avec les singes et dévoraient les œufs des patientes tortues. Il ne leur manquait presque rien. La nature était généreuse et quand la rigueur des vents alizés rendit interminable le torride hiver qui dure de mai à décembre, ils se nourrirent de goyaves parfumées, de blancs chirimoyos, de la chair âpre de la noix de coco, d'avocats crémeux, de bananes qui combattent efficacement la diarrhée et de la perturbante pulpe du mamey.

En 1512, arrive à Santa María la Antigua del Darién don Diego de Nicuesa, nommé gouverneur de Castilla del Oro par le roi Ferdinand le Catholique. Nicuesa est suivi d'une armée de soixante-dix hommes vaincus, survivants des sept cents qui avaient fondé en 1511 la colonie de Nombre de Dios, que les Indiens caraïbes avaient effacée de la carte moins d'un an après sa fondation.

Quand Nicuesa tente d'assumer le commandement qu'impose son rang, il est expulsé avec ses hommes par les partisans de Balboa. Mais ce n'est pas un sentiment de loyauté à leur chef qui dicte leur conduite. Ils ont entendu de la bouche des Indiens que, tout près de là, des îles regorgent de perles et des rivières charrient de l'or et des pierres précieuses. Moins ils seront, plus juteux sera le partage.

Peu de temps après, la couronne espagnole reconnaît la légitimité de l'autorité de Balboa, qui reçoit les titres de capitaine et administrateur de La Antigua. Son pouvoir confirmé, Balboa obtient qu'on lui envoie de Saint-

Domingue des vivres destinés à la ville afin d'organiser des explorations de l'isthme. Celles-ci lui apprennent qu'on ne peut pas se déplacer en forêt sans l'aide des Indiens, aussi passe-t-il une alliance avec le cacique Caretas : les Espagnols le protègeront des attaques des autres ethnies en échange de guides et de porteurs. Pour sceller l'alliance, Balboa prend pour femme Anayansi, la plus jeune fille du cacique.

A la fin de 1512, Balboa écrit à Ferdinand le Catholique : « Dans cette province existent de richissimes mines d'or d'une grande pureté, nous avons trouvé trente rivières et toutes charrient des paillettes d'or, ce qui me porte à penser que la source est cachée dans les montagnes à quelque onze lieues d'ici ».

En mai 1513, en recherchant les sources aurifères, Balboa traverse le territoire du cacique Comagre. Il est bien reçu et entend de la bouche de l'Indien que de l'autre côté des montagnes, vers le sud, se trouve l'empire de la richesse. Là-bas, les attend tout l'or qu'ils peuvent imaginer.

« A ce moment-là commence la tragédie de Vasco Núñez de Balboa », commente Chuchú.

Le 1er septembre 1513, à la tête de deux cents colons et de huit cents Indiens mis à sa disposition par son beau-père, le cacique Caretas, Balboa entreprend la marche vers le sud et les premières hautes forêts de la montagne de Darién. Parmi eux marche un soldat silencieux, Francisco Pizarro, qui deviendra tragiquement célèbre des années plus tard comme destructeur du monde inca.

Il pleut. Ils gravissent péniblement les montagnes en se frayant un passage à coups d'épée. Il pleut. Les corps s'enfoncent à mi-jambe dans la boue, les scorpions piquent, les moustiques deviennent de minuscules démons insupportables, il ne cesse pas de pleuvoir, les mousquets gênent, inutiles avec leurs mèches éteintes, ils seront impossibles à réarmer, les plastrons cuirassés sont une charge blessante et absurde, les reptiles venimeux font leurs premières victimes et au bout d'une semaine de marche les Indiens sont traités de manière cruelle, de plus en plus cruelle, jusqu'à ce qu'ils commencent à déserter.

Privés de l'appui des Indiens, les Espagnols se perdent vite dans le labyrinthe de la forêt. Balboa ordonne des châtiments pour ceux qui maltraitent les Indiens, mais la pluie, la forêt qui semble grandir dans leur dos et les mille dangers sifflants rendent la marche lente et pénible, dans cette jungle presque toujours plongée dans les ténèbres.

Tandis que Balboa et ses hommes se frayent un chemin à travers l'épaisse végétation, en Espagne les doutes augmentent au sujet des assertions de Colomb, qui persiste à affirmer qu'il a découvert la partie postérieure de l'Asie. Ferdinand le Catholique lit et relit une missive de Balboa dans laquelle celui-ci soutient qu'ils ont en réalité touché une *Terra Incognita*, inconnue et pleine de possibilités pour y établir l'empire de la Croix et en tirer des richesses insoupçonnées destinées à l'Europe, servant ainsi Dieu et sa Majesté.

Après deux semaines d'une marche pénible, les hommes de l'expédition descendent les versants sud du massif de Darién et se reposent sur les berges du Rio Chucunaque. Ils ont parcouru une centaine de kilomètres et des deux cents colons à peine la moitié tient encore debout. La plupart des Indiens ont déserté et les rares qui sont restés avec les Espagnols sont tout aussi fatigués qu'eux. Pourtant l'expédition repart le long du fleuve et arrive ainsi au confluent du Tuira, le fleuve le plus important de l'isthme. A partir de là, à mille quatre cents mètres, sur les hauteurs de Pirre, la végétation est basse et la marche se fait plus pénible à cause de la pluie qui s'abat implacablement sur les corps.

Le Río Tuira s'élargit et son débit augmente. Le terrain, dominé au sud par les montagnes de Bagre, est marécageux et menaçant. Seuls les rares Indiens qui les accompagnent encore connaissent les dangers dentus de la mangrove.

Enfin, à la mi-journée du 25 septembre 1513, le Río Tuira conduit Balboa et ses hommes vers une baie solitaire. Là, ils voient pour la première fois le Pacifique, l'immense mer du sud. C'est la fête de Saint-Michel et, après avoir embrassé le sable et pris possession de ce « Grand Océan » au nom de Ferdinand le Catholique, Balboa baptise le lieu Bahia de San Miguel.

« Il avait trouvé le Pacifique, de l'eau, beaucoup d'eau, mais pas une seule pépite d'or. C'est pour ça que les survivants se sont mutinés en l'enjoignant, non pas de revenir, mais de continuer plus loin », explique Chuchú.

Et ils continuèrent. Ils longèrent la côte de ce qu'on appellerait plus tard le Golfe de Panama, jusqu'à ce que des îles au loin les incitent à abattre des arbres pour construire des radeaux et y aborder.

Il y avait des perles, des milliers de perles, dans ces îles, aussi furent-elles baptisées l'archipel des Perles.

Le 19 janvier 1541, Balboa et un petit groupe de ses hommes repartirent à La Antigua pour apprendre à l'Espagne la nouvelle du « Grand Océan ». Sur le chemin du retour, Balboa ignorait que sa disgrâce était en train d'arriver à l'isthme toutes voiles dehors : une puissante flotte de vingt-deux vaisseaux, avec deux mille hommes à bord, s'approchait de La Antigua. A sa tête, Pedro Arias de Avila, dit Pedrarias, un soldat de soixante-dix ans, célèbre pour son courage lors de l'expulsion des Maures de Grenade, et avec lui, Martín Fernández de Enciso, le Bachelier, animé d'une furieuse envie de revanche.

La situation changea rapidement à La Antigua. Le traitement amical des Indiens instauré par Balboa fut remplacé par une brutalité exterminatrice. Les structures quasi démocratiques qui prenaient en compte l'opinion des caciques furent piétinées par la férocité conservatrice du vieux guerrier assoiffé de pouvoir.

Sachant qu'il jouissait de l'estime de Ferdinand le Catholique, Balboa se crut à l'abri des intrigues et s'efforça de tempérer les agissements violents des soldats aux ordres de Pedrarias, puis, afin de passer une sorte de pacte de paix avec le vieil homme, il proposa le mariage à une de ses filles, mais tous ses efforts furent vains. Après la mort du roi Ferdinand, son successeur, Charles Quint, retira toute autorité à Balboa qui devint une cible facile pour la vengeance.

Pedrarias le fit arrêter en l'accusant de conspiration contre le premier gouverneur, le Bachelier, et le 12 janvier 1519, il fut condamné à mort et exécuté.

« Il a légué l'exemple d'un homme honnête et pacifique. C'est curieux, mais aujourd'hui encore les Indiens cuna et choco disent du bien de lui. C'est le seul Espagnol qui a laissé un bon souvenir. Balboa. La monnaie nationale panaméenne porte son nom, mais elle n'existe pas. Qui sait, l'honnêteté n'existe pas non plus, c'est pour ça qu'elle est si importante pour nous », conclut Chuchú.

C'est sûr. L'honnêteté est une vertu très appréciée des Panaméens. Quand fut signé, en 1979, le traité Torrijos-Carter qui restituait au Panama la souveraineté sur la zone du Canal, le président américain se présenta à la cérémonie accompagné de dizaines de conseillers et de généraux. Omar Torrijos, lui, était accompagné de deux écrivains, Gabriel García Márquez et Graham Greene, ainsi que d'un sergent de la garde nationale panaméenne : José de Jesus Martínez, alias Chuchú.

Carter signa le premier et tendit le stylo à Torrijos ; celui-ci hésita, joua un peu avec le stylo et finalement s'adressa à son ami.

— On signe, Chuchú ? lui demanda-t-il, tandis que les places boursières du monde entier tremblaient comme en proie à une crise de malaria.

Alors, Chuchú observa longuement le visage de Jimmy Carter, regarda ses cheveux, ses oreilles, ses lèvres, ses yeux, tout, avant de conclure :
— Oui, ce gringo a l'air honnête.

LE PAYS DES RENNES

Les femmes lapones sont d'une étrange et mystérieuse beauté, et, de même que les hommes, elles n'aiment pas le nom que les Suédois leur ont imposé et insistent à dire qu'elles sont *samens*, mais comme dans notre langue il n'existe pas encore une traduction appropriée de ce mot, je me verrai obligé de les appeler Lapones et Lapons.

C'est à cela que je pensais début janvier quand j'entrai dans une agence de voyages, à Stockholm, et demandai un billet pour Kiruna, ville lapone située à mille deux cent soixante kilomètres de la capitale suédoise.

Une employée gentille me regarda, soupira, puis me demanda si je savais que dans le nord il faisait froid, vraiment très froid.

Elle avait raison, l'employée. Une vague de froid s'abattait sur la Scandinavie faisant baisser la température – déjà basse à cette époque de l'année – vers des extrêmes difficiles à supporter.

— Il fait moins trente-six au nord, précisa-t-elle.

Mais la chaleur existe aussi en Laponie, car les Lapons y vivent, qui suivent au pied de la lettre les vers du poète Paulus Utsis : *Souffle sur le feu pour qu'il ne s'éteigne pas / attise-le pour que brillent ses braises / puis nourris-le de bois sec / pour que les braises et la chaleur de notre culture restent vives.*

Je sortis de l'agence avec un billet et, le lendemain, installé dans l'avion qui devait m'emmener à Kiruna, je me rappelai les jours heureux vécus en Laponie au milieu des années 80. J'y étais allé pendant le mois de juillet, où les journées sont interminables, rendre visite à une étrange Chilienne qui était devenue lapone par amour.

Elle s'appelait – et j'espère qu'elle s'appelle encore – Sonia Hidalgo, cette anthropologue qui était arrivée en Laponie en 1979, quand le gouvernement norvégien annonça la construction d'une centrale hydroélectrique à Altaev.

Pour mener la tâche à bien, il fallait déboiser une immense région dont les Lapons avaient toujours eu l'usufruit, ce qui provoqua une forte protestation, non seulement des Lapons de Norvège, de Suède et de Finlande, mais aussi de nombreuses organisations écologistes.

A cette époque, en Suède, un contentieux opposait tous les peuples lapons à l'Etat suédois. Il s'agissait du droit d'usufruit des territoires d'élevage de rennes dans les *fjälls* (montagnes). Après quinze ans d'atermoiements la Cour Suprême de Stockholm prononça la sentence suivante : les Lapons avaient un droit d'usufruit partiel des territoires litigieux, mais attendu que depuis l'époque de Gustav Wasa, fondateur de l'Etat suédois et de la monarchie héréditaire qui règne depuis 1523, la Laponie est propriété de l'Etat, seul celui-ci peut décider de son usage et de son destin.

Les Lapons perdirent cette bataille, la centrale fut construite, et le souvenir d'une absurde loi suédoise promulguée en 1971 rendit la défaite plus amère : elle considérait que ni la culture, ni la langue, l'artisanat, la tradition, les liens historiques ou le lieu de naissance n'étaient déterminants pour être ou ne pas être lapon. L'élément fondamental était de vivre de l'élevage des rennes.

En 1980, seuls deux mille trois cents des quinze mille

Lapons se consacraient à l'élevage des rennes. Après la catastrophe de Tchernobyl, ils furent moins de mille cinq cents, car les radiations contaminèrent, outre les êtres humains, une grande partie des troupeaux. August Strindberg aurait pu répéter : *Det är synd om människorna* (quel malheur pour l'humanité).

Mais Sonia Hidalgo et son compagnon Masi Valkeapää restèrent sur la brèche, et c'est peut-être grâce à des gens comme eux que l'Etat suédois a corrigé la monstruosité d'avoir interdit pendant des siècles la langue lapone. Aujourd'hui deux heures hebdomadaires lui sont consacrées dans les écoles lapones, ce qui est encore trop peu pour garder vivante la base d'une culture.

Kiruna est une belle ville qui, vue du ciel en hiver, évoque une délicate tache rougeâtre sur un panorama uniformisé par la pénombre que créent la neige et l'obscurité. En été, par contre, on a l'impression d'une ville riante entourée d'un paysage d'un vert intense, parsemé de centaines de lacs et de rivières.

Il fait un froid douloureux. Moins vingt-huit, mais les vêtements thermiques loués à Stockholm sont efficaces, et je me mets à marcher en quête de deux souvenirs.

La ville est le siège de nombreuses institutions scientifiques qui font des recherches sur la vie dans des conditions aussi extrêmes et sur l'étonnante fragilité de cette immense région. Le commerce offre toutes les nouveautés de la mode et de la technologie aux courageux travailleurs des mines de fer qui, à sept cents mètres de profondeur, fouillent les entrailles de cette terre gelée. Enfin, près de la gare, je retrouve un de mes souvenirs.

C'est un monument en partie recouvert par la neige, qui montre quatre hommes portant un tronçon de rail. Il s'agit d'un hommage aux légendaires protagonistes d'une prouesse surhumaine : entre 1882 et 1900 fut construit le chemin de fer qui, partant de Luleå et passant par Malmberget et Kiruna, traverse ensuite cinq cents kilomètres de montagnes, de glaciers, de marécages et de bois pour atteindre le port de Norvik, en Norvège, où le fer était, comme il l'est encore, embarqué à destination du monde entier.

Quatre mille Lapons, hommes et femmes, accomplirent cet exploit. Ils travaillèrent par des températures de moins cinquante, résistèrent aux maladies, aux attaques des ours, des loups, et furent victimes d'accidents qui tuèrent plus de la moitié d'entre eux. Leurs corps, d'abord enterrés le long des voies, furent réunis des années plus tard dans le cimetière ferroviaire de Torneham, à la frontière suédo-norvégienne. Et devant ce monument, comme Romain Gary, je lance : « Gloire aux illustres pionniers ! »

L'autre souvenir est une modeste croix de granit portant l'inscription : « Ana. Norvège ». On sait peu de choses de cette femme morte de la tuberculose pendant l'hiver 1889 : tout juste qu'elle travaillait comme cuisinière pour les ouvriers du chemin de fer, qui la surnommaient l'Ourse Noire parce qu'elle était toujours couverte de suie. Au fil des ans elle devint l'héroïne de romans, de chansons et de films. Pour perpétuer sa mémoire, les ouvriers du chemin de fer se rendent à Narvik au printemps et y élisent une reine de beauté qui arbore une couronne en charbon et brandit le titre de Miss Ourse Noire.

De Kiruna, comme de n'importe quel endroit de Laponie, tous les chemins mènent à Jokkmokk, une bourgade fondée par le roi Karl IX en 1605, selon l'histoire suédoise, mais les Lapons affirment que Jokkmokk existait depuis plusieurs siècles et que le roi s'était contenté d'y faire construire une église et un marché pour offrir un débouché aux produits des artisans suédois, imposant du même coup une curieuse façon de payer les impôts, qui dure aujourd'hui encore.

En été, le marché de Jokkmokk est fréquenté par les

touristes séduits par la singulière beauté de l'artisanat textile lapon, mais tous les cinq ans, en plein hiver, les éleveurs de rennes et les percepteurs des impôts s'y donnent rendez-vous.

Les premiers arrivent au marché après avoir laissé leurs troupeaux aux environs et demandent aux policiers de jouer le rôle d'huissiers pour le comptage des rennes. L'opération a lieu en février, car avec plus d'un mètre de neige il est facile de garder les troupeaux rassemblés. L'un après l'autre, les animaux sont pris au lasso et conduits vers les policiers qui, munis de gros pinceaux et d'encre rouge indélébile, les marquent au cou. Seul un animal sur trois est comptabilisé, de sorte que le nombre exact de têtes est celui qui a été relevé, multiplié par trois, mais les impôts ne portent que sur un tiers. Les femelles, les petits, les bêtes de trait ou castrées ont des valeurs différentes, en fonction desquelles les impôts sont établis. Deux semaines environ après le comptage, policiers et percepteurs vérifient de nouveau qu'un renne sur trois porte une marque à l'encre rouge. S'ils en trouvent un qui, échappant aux divisions et aux multiplications compliquées du système, est manifestement en infraction, son propriétaire doit payer une taxe additionnelle multipliée par trois. De plus chaque propriétaire de troupeau marque ses animaux de signes particuliers aux oreilles. Si l'on trouve des rennes aux marques impossibles à identifier, ils sont saisis et vendus aux enchères au marché de Jokkmokk. Il y eut ainsi des cas de propriétaires de troupeaux qui, à cause d'un loup ayant arraché une oreille à leur renne favori, durent payer deux fois pour le même animal. Les impôts se paient d'avance pour les cinq prochaines années et si un propriétaire perd entre temps des animaux, il récupère l'impôt des têtes manquantes multiplié par trois. Un habitant de Jokkmokk, à qui je faisais remarquer que tout cela me paraissait excessivement compliqué, me répondit que c'était encore plus compliqué pour les Lapons de Finlande qui, à cette singulière règle de trois, ajoutent le poids et le volume des bois.

Jokkmokk est situé à deux cent vingt kilomètres au sud de Kiruna et s'y rendre en été est particulièrement beau, car la route traverse de magnifiques bois de bouleaux, des lacs, l'extraordinaire ville de Gallivare, où on fait une incomparable glace de lait, miel et safran, et longe le parc national de Muddus, alors qu'en hiver les basses températures n'offrent rien de plus – ni rien de moins – qu'un paysage blanc de neige aux arbres cristallisés.

A l'agence de location de véhicules, Per Sörkaitum, un Lapon au sourire contagieux, me demande si je sais conduire une motocyclette. Quand je lui réponds que oui, j'ai déjà conduit des motos, il me dit que je peux donc conduire un « pulkamotor ».

Le lendemain, sous une faible lumière, nous partons sur deux motos avec, en guise de roues, des skis et des chenilles adaptées aux terrains enneigés, de sorte qu'au lieu de suivre la route 45, nous prenons le chemin gelé qui relie les petits hameaux de Jankanafusta, Kalisfoxbron, Kaitum, Harrä, Malmberget et Gallivare. De là nous continuerons sur un tout-terrain.

— Et en plus de l'aventure, nous gagnerons deux bonnes heures, affirme Per.

Pendant les haltes, tandis que nous buvons du chocolat en attendant qu'on remplisse nos réservoirs d'essence, Per me raconte quelques traits de la culture lapone.

Au début de novembre, après le sevrage des petits, commence pour les éleveurs de rennes l'époque des migrations. Les rivières et les lacs sont gelés et une épaisse couche de neige permet les déplacements en traîneau. Les troupeaux émigrent alors vers les champs et les plaines d'hivernage, et se déplacent en formant une espèce de triangle sur le paysage blanc. En tête, le renne guide, entraîné à cette fonction, qui est tiré par un Lapon à skis, puis vient le troupeau, par rangs de deux, trois, quatre rennes et ainsi de suite. Sur les flancs courent les chiens qui maintiennent la formation en ordre, et derrière, sur des traîneaux tirés par des rennes, la famille suit avec la nourriture, le matériel et les tentes.

Pendant les haltes, à la fin du repas, le chef de famille prend des os de renne, s'éloigne de quelques pas et les lance dans la steppe en murmurant : « *Juokke* (Dieu), pour chacun de ces os, bénis-moi en me donnant un petit ».

Aujourd'hui, les Lapons éleveurs de rennes sont peu nombreux, mais leur culture ancestrale est indissolublement liée à ces animaux et à la nature qui les entoure.

Quand les rennes ont le poil rare sur le ventre il faut s'attendre à un hiver très dur ; en revanche, si en hiver ils se lèchent les uns les autres, c'est le signe qu'approche un long et bel été. Si les perdrix conservent un plumage foncé à la fin de l'automne, l'hiver tardera à venir. Si en hiver les rennes s'attaquent entre eux, il faut s'attendre à une vague de chaleur suivie d'un froid intense. Si en automne les rennes mangent des petites branches de bouleau, cela signifie qu'au printemps, surtout en mai, il neigera abondamment. Si le coucou chante caché dans le feuillage au lieu de le faire à la cime de l'arbre, l'été sera désastreux. S'il chante sur un tronc abattu c'est signe de malheur.

A Jokkmokk vivent trois mille deux cents personnes, des Lapons pour la plupart. Ils habitent des maisons de bois individuelles avec la Volvo ou la Saab devant la porte. Ils ne portent leurs traditionnels vêtements colorés que pour les fêtes et les casquettes de base-ball sont très répandues. Le musée de Jokkmokk permet d'avoir un aperçu de la fascinante culture lapone, liée à l'élevage des rennes depuis 1600. Autrefois les Lapons étaient des chasseurs, des pêcheurs, parfois des agriculteurs. Devant les peintures de Lars Pirak, qui manie le pinceau avec la même habileté que ses ancêtres maniaient le couteau pour graver des scènes de travail ou de mélancoliques paysages nordiques sur des peaux et des os, on se sent en présence de témoignages et de traces d'un peuple très singulier, fier de sa différence mais sans une once d'arrogance ou de bêtise nationaliste. En sortant du musée il est choquant de savoir et d'admettre que des jeunes Lapons – de plus en plus nombreux – partent au sud à la recherche d'une meilleure situation, et que la plupart ne reviennent jamais.

Après trois jours passés à Jokkmokk, Per suggère de profiter de ce qu'il ne neige pas pour nous rendre à Kvikkjokk, à une centaine de kilomètres.

Kvikkjokk est un petit hameau enclavé dans un paysage d'une beauté saisissante. Des bois de sapins, de hêtres et de bouleaux aux branches gelées offrent une image irréelle qui me rappelle que nous approchons de la terre des chamans, des magiciens et des sorciers qui peuplent les sagas scandinaves.

Les sagas finlandaises affirment qu'en Laponie se trouvent les magiciens les plus puissants, « qui voyagent sur une branche de sapin ou dans un tourbillon de vent, qui se transforment en élans ou en loups, en saumons ou en une douce crête de vague de rivière ». Dans les sagas finlandaises, Lapon et magicien sont presque synonymes.

Le lendemain de notre arrivée à Kvikkjokk, la température descend à moins trente-quatre. Il est impossible de visiter Sarek ou le parc national de Padjelanta. En guise de consolation je visite l'église et trouve sur un mur un message laissé par Jean-François Regnard, poète satirique français et grand voyageur (1655-1709), qui est venu ici avec deux camarades en 1681 : « Nous sommes nés dans les Gaules. L'Afrique nous a vus. Dans les eaux sacrées du Gange nous avons ressuscité. Nous avons traversé l'Europe de long en large, par mer et par terre, emportés de-ci de-là par les pièges capricieux de la vie, et nous sommes ici finalement, où le cercle de la terre se referme sur nous ».

Mais je sais que la Laponie continue plus au nord, jusqu'au cap du Nord, que je pense atteindre un jour. Mais ceci est une autre histoire.

Baleines de Méditerranée

1988 fut déclarée année des océans par pure convention. Parce qu'il fallait célébrer quelque chose. Elle aurait pu aussi bien s'appeler année des forêts, et celles-ci auraient continué à brûler, à disparaître de la planète dans la totale indifférence de gouvernements négligents signataires de traités de protection et de développement des forêts. Elle aurait pu aussi s'appeler année de l'atmosphère, et les pays industrialisés n'auraient pas pour autant interrompu les émanations qui trouent la couche d'ozone et sont responsables du réchauffement de la croûte terrestre.

Toutes ces réalités absurdes et douloureuses peuvent conduire facilement au pessimisme, mais, heureusement, la certitude qu'existent des personnes et des organisations qui consacrent leurs efforts à la préservation du milieu naturel et incitent à pratiquer un droit élémentaire – celui de décider collectivement de ce que nous voulons faire de notre petite planète – autorise une dose d'espoir au milieu de tant d'aveuglement mercantile.

Je me rappelle un soir au bord de la mer, au nord de la Sardaigne. Nous étions un groupe d'amis en train de contempler le soleil couchant qui nous quittait pour illuminer d'autres terres à l'ouest quand, soudain, monta de la mer le chant unique des baleines, ce son aigu qui a quelque chose d'une musique futuriste et qui impressionne quiconque l'entend.

J'ai vu et entendu des baleines au Groenland, dans le golfe de Californie, dans la péninsule Valdés et au cap Horn où s'étreignent les deux grands océans, mais là, c'était la première fois que je sentais leur présence en Méditerranée. Il y en avait plusieurs. Elles émergèrent avec ces majestueux mouvements qui caractérisent les grands cétacés ; d'abord les têtes bombées, puis les dos courbés sur l'eau et enfin les queues fouettant les vagues, ou plongeant comme de sombres papillons extraordinaires.

Elles étaient là depuis des temps immémoriaux, bien avant que les Romains appellent « Costa Balenae » les rives du golfe de Gênes, ou « Portus Delphini » que des siècles plus tard nous appellerions Portofino. Elles étaient là, en Méditerranée, alimentant l'imagination et provoquant l'admiration, rappelant les limitations de l'existence humaine, servant d'inspiration à des légendes telles que celle du Léviathan, ou nous disant simplement que dans la vie il y a de l'espace pour tous.

Quand je vis ces baleines de la côte nord de Sardaigne, je ne pus réprimer un frémissement de peur en pensant dans quelle mer elles évoluaient.

Jamais dans l'histoire de l'humanité une mer ne fut aussi maltraitée que la Méditerranée. Pillée jusqu'à l'extinction de nombreuses espèces, humiliée par toutes les formes possibles de pêches illégales, et ses eaux sillonnées par toute sorte de marins d'eau douce qui ne voient dans la mer qu'un passe-temps, un parc de loisirs qu'ils pourraient tout aussi bien trouver à Las Vegas ou à Disneyworld.

Evidemment il n'existe pas d'inventaire des scooters des mers ou des embarcations sportives, rapides, criminellement rapides, qui fendent tous les jours les eaux de la Méditerranée. Il y a pourtant des rapports, quoique succincts, qui font état de collisions avec des dauphins déchiquetés par les hélices, des témoignages de centaines de pêcheurs qui, à bord de leurs bateaux lents, ont dû assister impassibles aux jeux que quelques crétins argentés se permettent avec les cétacés qui passent devant leurs embarcations sportives.

Il y a deux produits de l'ingéniosité humaine que je déteste par-dessus tout : la tronçonneuse et le hors-bord. Des millions d'hélices agitent les eaux de la Méditerranée comme s'il s'agissait d'un énorme mixeur dans lequel on prépare une boisson mortelle.

Je sais qu'il est très difficile de légiférer contre le marché, plus encore contre le marché du loisir irrationnel, et bien plus encore de prendre une mesure qui soit respectée à l'échelle internationale, limitant la vitesse, la pollution et les zones de navigation de ces pseudo-marins estivaux.

Mais la création d'une région protégée, d'un sanctuaire qui permettrait le développement et la reproduction d'une vie animale est une mesure urgente, indispensable, si nous voulons que les grands animaux de la mer soient sauvés de l'extinction en Méditerranée.

Je suis très pessimiste sur la possibilité d'émouvoir les oisifs fortunés ; cependant, par une sorte de foi en l'espèce humaine, je veux croire que dans un futur pas trop lointain, quelque industriel ou banquier, au lieu d'offrir à son fils adolescent un scooter des mers, l'invitera à aller à ce même endroit du nord de la Sardaigne où j'ai vu les baleines, et là, avec les enfants des pêcheurs, ce gamin s'émerveillera du spectacle des cétacés en mouvement dans leur espace naturel et protégé, car la vie est et sera toujours le plus digne et le plus prometteur des cadeaux.

Il est encore temps de sauver les baleines et les dauphins de Méditerranée. Il est encore temps de rendre à la mer des cultures un peu de tout ce que nous lui avons arraché.

Tano

Don Giuseppe aimait à dire qu'il était heureux à cause d'une série d'erreurs dont il se souvenait avec plaisir. La première d'entre elles avait eu lieu en 1946, quand le jeune Génois s'était embarqué pour l'Amérique, une Amérique qu'il imaginait avec les bras ouverts et hospitaliers de la statue de la Liberté. Il laissait derrière lui une Italie en ruine, le cauchemar de la guerre et de nombreux voisins qui avaient enterré à la hâte les chemises noires du fascisme pour enfiler les habits de démocrates.

Oui, l'Amérique l'attendait à bras ouverts et, pour être digne d'un tel accueil, don Giuseppe se répétait les vingt mots d'anglais que lui avait appris un soldat américain.

Après cinq jours de traversée, un homme d'équipage lui glaça le cœur en l'informant que le bateau naviguait effectivement vers l'Amérique, mais l'Amérique du Sud, car l'Amérique, lui dit-il, est plus grande et plus vaste que tous les espoirs et toutes les souffrances.

Remis de sa surprise, don Giuseppe chercha quelqu'un qui lui en dise un peu plus sur sa destination et ne tarda pas à sympathiser avec un mécanicien, italien lui aussi, qui naviguait depuis plusieurs années sur les bateaux de la Compagnie sud-américaine de vapeurs.

Le compatriote lui parla de l'Argentine, un pays immense où la viande était quasiment gratuite et où il y avait tant de blé que ces dernières années encore on le brûlait pour produire de l'électricité. De plus, ajouta-t-il, je connais une famille piémontaise qui a ouvert à Mendoza une fabrique de pâtes, si tu y vas de ma part, je suis sûr qu'ils t'offrent un toit et du travail.

Quand ils arrivèrent à Buenos Aires et que don Giuseppe foula pour la première fois la terre américaine, le mécanicien se chargea de le mettre en rapport avec un camionneur qui transportait des matelas entre la capitale argentine et les provinces.

— D'accord, *tano*[1], je t'emmène gratis, je te paie le logement et les repas, en échange tu m'aides à décharger, mais ta véritable mission consiste à me parler pendant le trajet. Me parler sans arrêt, de n'importe quoi, même si c'est des bêtises.

Don Giuseppe ne saisit pas un traître mot du camionneur, mais quelque chose lui fit comprendre ce que l'homme voulait, si bien qu'il répondit *va bene* et grimpa dans la cabine du camion, un vétuste Mack avec un bouledogue chromé sur le capot. Après quelques kilomètres de route cela lui plut d'être appelé le *tano*, tout comme avec le temps il s'amuserait qu'on le surnomme le *bachicha*[2].

A peine eurent-ils quitté la banlieue de Buenos Aires que devant les yeux du jeune homme commença de défiler un paysage lisse, vert et infini, où il était rare de croiser un autre véhicule ou une personne. Les regards languides de milliers de vaches saluèrent son arrivée dans la pampa, et pour empêcher le conducteur de s'endormir il lui parla de sa vie, de la guerre. De Gênes et de ses rêves d'un bonheur bien mérité.

Ils avaient parcouru des centaines de kilomètres quand, à l'aube du jour suivant, le camionneur quitta la

1. Rital.
2. L'Italien, plus particulièrement le Génois.

route par un chemin de terre qui les conduisit jusqu'aux bâtiments d'une *estancia*. Il y avait là d'autres camionneurs, mais il y avait surtout de la viande, beaucoup de viande, des bœufs entiers ouverts en croix, en train de griller sous le regard attentif de quelques gauchos. L'Italien mangea et but comme jamais dans sa vie, tellement que le camionneur, qui lui non plus n'était pas en reste, l'envoya continuer le voyage dans la remorque, pour y cuver sa cuite sur des matelas moelleux.

Don Giuseppe ne sut jamais ce qui s'était passé à Mendoza, si toutefois le camion s'était arrêté dans cette ville. Il se souvenait seulement d'avoir été réveillé par un froid intense et des voix d'hommes en uniforme vert qui lui ordonnaient de descendre.

Avec la tête sur le point d'éclater et une soif de cheval, don Giuseppe sauta à terre et frémit à la vue du paysage agreste des Andes enneigées. A son air éberlué, les carabiniers chiliens comprirent qu'il ne savait pas où diable il se trouvait.

— Cette statue est le Christ Rédempteur, la frontière. Du tétin gauche de Notre-Seigneur vers là-bas, c'est l'Argentine. Du droit vers ici, le Chili.

C'est alors que don Giuseppe découvrit que le chauffeur du camion n'était pas celui qui l'avait pris à Buenos Aires, et dans son dialecte génois bredouillant il répéta mille et une fois que sa destination était Mendoza tout en invoquant les ravages causés par l'*asado*[1] et les quantités de vin ingurgitées.

La seule chose que don Giuseppe comprit du discours des carabiniers chiliens fut qu'ils lui demandèrent s'il avait aimé l'*asado* et le vin argentins. Il parvint à répondre que oui et il n'en fallut pas plus pour que les policiers l'entraînent jusqu'à la cantine du détachement. Là, l'émigrant eut droit à un deuxième festin de viande et de vin,

---

1. Quartier de bœuf grillé.

avec cuite à la clef, dont il se réveilla converti en associé d'un sergent qui se consacrait à l'élevage des dindons et autres volailles.

Des années plus tard, don Giuseppe, le *tano* pour les uns, le *bachicha* pour d'autres, ouvrit une grande épicerie à Santiago, dans le quartier de mon enfance. Il devint un citoyen supplémentaire de ce quartier prolétaire. Dans un gros cahier à couverture noire il inscrivait les dettes des clients qui achetaient à crédit ; à nous, les gosses, il distribuait de généreuses tranches de mortadelle, nous initiait aux secrets des opéras sur ses disques de carbone qui embellissaient les soirées, et il invitait tout le quartier à l'épicerie pour y célébrer les triomphes de l'Audax Sportivo Italiano sur les terrains de football.

La fête la plus mémorable de l'épicerie eut lieu le dimanche 4 septembre 1970. Ce soir-là, le quartier avait bien des raisons de se réjouir : Salvador Allende avait gagné les élections présidentielles, don Giuseppe se mariait avec madame Delfina, après une discrète relation de vingt ans, et, pour couronner le tout il nous annonça ému qu'il venait de prendre la nationalité chilienne.

Je le vis pour la dernière fois en 1994. C'était un vieillard. L'épicerie n'existait plus, ni le quartier, qui avait été dévoré par la misère. Mais ses vieux disques de carbone continuaient d'emplir les soirées d'amours impossibles et de voix impérissables. Je bus avec lui quelques verres de vin, j'écoutai une fois de plus son histoire, et cela me fit mal de lui répondre oui, quand il voulut savoir si c'était vrai qu'en Europe on traitait mal les émigrants.

Cavatori

Ce pourrait être une histoire brève racontée en trois lignes. La première évoque un artiste plasticien, un sculpteur qui, dans la solitude fertile de son atelier, contemple satisfait la maquette de sa dernière œuvre, une statue équestre d'Alexandre le Grand.

La deuxième concerne un homme de Pietrasanta, une très belle ville toscane. Le soleil se lève à peine et, de ses seules mains fortes et de ses pieds sûrs, cet homme commence à grimper comme un chat la paroi lisse et verticale d'une montagne. C'est un *cavatori*, un travailleur des carrières de marbre.

La troisième fait allusion à une fille de la même ville. Elle est jeune, belle, fragile, et seule la vigueur de ses mains trahit le métier qu'elle perpétue depuis plus de dix générations ; elle est marbrière, alors qu'on devrait dire sculptrice, puisque ce sont précisément ses mains habiles qui donnent forme et harmonie à des œuvres d'art qui seront signées plus tard par des maîtres prestigieux. Son habileté est récompensée par l'estime de quelques sculpteurs, mais la suprême reconnaissance s'appelle chalicose ou phtisie des marbriers.

L'artiste rend maintenant visite à un architecte, ensemble ils étudient le magnifique endroit choisi pour éterniser la mémoire d'Alexandre le Grand sur son cheval. Ils parlent de l'illumination qui fera ressortir, la nuit, la noblesse du marbre, et des cyprès qui flanqueront la sculpture, redonnant au héros la jeunesse de ses combats.

Sa tête sous le soleil brûlant et les yeux à peine rafraîchis par la lointaine présence de la mer tyrrhénienne, le *cavatori* palpe la surface du marbre, la toque, comme s'il frappait au grand dortoir des héros, jusqu'à ce qu'il trouve l'endroit où enfoncer un pieu de fer. Il y attachera une longue corde dont il ceindra sa taille avec l'autre bout, et il descendra ainsi par la paroi la plus lisse et la plus pure de la pierre pour marquer au maillet et au ciseau les repères qui délimitent les dimensions d'Alexandre le Grand et de son cheval. Cent mètres plus bas, ses compagnons l'observent, peut-être en mastiquant des morceaux de « lard du marbrier », séché sans autre condiment que le romarin et le vent des carrières, ou peut-être en regardant du coin de l'œil une estampe de Jésus où on lit : « Protège notre travail ».

La fille arrive à l'atelier, ses pas soulèvent des nuages de cette fine poussière de marbre que l'histoire de l'art a laissé dans tous les coins de Pietrasanta, et salue tous ses compagnons qui, la journée à peine commencée, sont déjà entièrement couverts de poussière blanche. Après une demi-heure de travail elle est comme eux, et seules ses mains qui manipulent des outils anciens ou modernes la distinguent des centaines de statues qui, dans l'ordre immobile des personnages illustres, attendent l'arrivée des grands maîtres pour recevoir la touche finale et les signatures de rigueur.

L'artiste a peut-être connu des nuits d'insomnie à réaliser des ébauches, l'une après l'autre, jusqu'à parvenir enfin à la représentation exacte qu'il se faisait d'Alexandre le Grand. Il a pu le voir hautain ou serein, pieux ou miné par le dédain des victoires.

Décidément, les héros victorieux ne m'intéressent pas. Les héros de marbre ne m'intéressent pas. En revanche, les *cavatori* suspendus à des hauteurs de cauchemar, ou écrasés par le poids parfois infâme de l'art m'intéressent beaucoup.

En mai dernier j'étais à Pietrasanta et j'ai vécu la commotion provoquée par la mort de deux *cavatori*. Ils ont péri sous un bloc de marbre qui s'est détaché de la carrière sans leur donner le temps de réagir. La région de Carrare prend entre six et huit vies de *cavatori* par an. Pendant les obsèques, le seul artiste présent a dit que ces deux *cavatori* étaient des martyrs qui étaient morts pour l'art. Mais un des travailleurs a craché le toscano qui pendait de ses lèvres et précisé : non, ils sont morts parce qu'il n'y a pas assez de mesures de sécurité, ils sont morts pour un salaire de merde.

Et une fois de plus j'ai constaté que la vérité des gens simples valait plus que toutes les vérités de l'art.

Décidément, les filles et les garçons de Pietrasanta m'intéressent beaucoup, ces marbriers qui, sachant que leur vie sera brève, parce que la poussière de marbre est une malédiction blanche qui pétrifie leurs poumons, continuent pourtant de perpétuer la formidable tradition humaine de la beauté et de l'harmonie.

Si j'étais sculpteur et qu'on me commandait une statue d'Alexandre le Grand, au pied de celle-ci ma signature serait la dernière. Viendraient d'abord les noms des *cavatori* qui auraient choisi, découpé et descendu le marbre de la montagne. Puis les noms des marbriers qui lui auraient donné forme, suivis des noms de ceux qui auraient préparé le lard, apporté le romarin, et ceux des boulangers et des vendangeurs du vin frais de Toscane.

Lectrice, lecteur, quand tu regarderas une statue sculptée dans le marbre de Carrare, pense aux *cavatori* et aux marbriers de Pietrasanta. Pense à eux et salue leur digne anonymat.

UN HOMME NOMMÉ VIDAL

Quand Jorge Icaza publia *Huasipungo*, les propriétaires terriens, l'Eglise et les riches d'Equateur furent scandalisés du terrible sujet du roman, mais aucun latifundiste, curé ou patron ne montra de signes d'émotion devant le panorama de l'exploitation, de l'humiliation et de l'extermination dont avaient été – et sont – victimes les paysans et les Indiens des sierras andines d'Equateur, du Pérou et de Bolivie. Je suis allé pour la première fois en Equateur en 1977 et la réalité y était encore la même que celle décrite par Icaza ; des gens sans droits, sans ressources, sans autre abri que la nuit froide et silencieuse, car l'obscurité leur permettait de se raconter leurs désirs et leurs rêves. Et cette année-là, j'ai connu Vidal.

Je me rappelle que j'étais attablé dans une gargote du marché de Cayambe, où je faisais un sort à un savoureux *cuy*[1] grillé sur la braise, quand je remarquai un homme qui s'approchait discrètement des paysans, des Indiens qui se proposaient comme portefaix et leur parlait quasiment à l'oreille, et à ceux qui ne s'éloignaient pas à la hâte il donnait un tract que, tel un prestidigitateur, il sortait des plis de son poncho.

Soudain on entendit des coups de sifflets, des pas de

1. Cochon d'Inde.

course, et le marché fut envahi par la police. L'homme rabattit son chapeau sur les yeux et se dirigea vers la sortie la plus proche, mais en arrivant près de moi il s'arrêta en constatant que celle-ci était également bloquée par des hommes en uniforme. Il jeta un bref regard de côté et nos yeux se croisèrent, car une formidable loi de la vie fait que les perdants se rencontrent. Lui était pourchassé et moi je commençais de longues années d'exil. Il s'assit en face de moi, prit la bouteille de bière qui était posée sur la table et, après avoir bu une gorgée, il se mit à parler de poulets. Je jouai le jeu et quand les policiers passèrent près de nous, nous étions en train de parler en experts des ravages causés à la volaille par la pépie.

— Mon nom est Vidal et je suis en train d'appeler à une réunion syndicale, dit-il quand la réalité reprit le dessus sur la question des poulets.

Nous sortîmes du marché et, un peu plus tard, assis sur une place, je lui demandai de me montrer un tract. C'était un feuillet, tiré sur une ronéo manuelle, écrit en gros caractères dont je ne compris rien car je ne connaissais pas la langue quechua.

— Il n'y en a pas beaucoup qui savent lire, mais ça ne fait rien, la parole écrite donne des forces, unit, expliqua Vidal.

Le soleil brillait très haut dans le ciel, il arrachait des scintillements aveuglants au Pichincha tout proche, écrasait les ombres des Indiens qui marchaient courbés, les épaules chargées de toute sorte de paquets.

— C'est le *huasipungo* de la ville. Ils n'ont pas de terres et sont prêts à porter n'importe quoi pour une bouchée de pain. Ils vivent et meurent dans la rue, commenta-t-il.

— Vous m'avez dit que vous vous appeliez Vidal. Vidal et quoi d'autre ? je me rappelle lui avoir demandé.

— Vidal, tout court, c'est bien assez. Vous voulez venir à la réunion ?

Quand il parlait, les « r » sortaient de sa bouche comme s'il les avait mastiqués, et ainsi, avec son accent montagnard, il me parla en détail du difficile travail de syndicaliste paysan. La Fédération des Paysans d'Imbabura avait été écrasée dès sa naissance, mais elle renaissait sans cesse et connaissait à nouveau le même sort. Vidal portait dans une poche le tampon en caoutchouc du numéro d'enregistrement qui légalisait l'organisation syndicale et une liasse de cartes d'adhésion vierges. Dans l'autre poche il gardait une photo découpée dans *Ecran*, une revue de cinéma.

— Vous savez qui c'est ? me demanda-t-il en me montrant une belle femme énigmatique.

— Greta Garbo, répondis-je.

— Elle me protège. Je suis athée, mais c'est toujours bon d'avoir quelqu'un à qui demander protection, assura Vidal.

Nous marchâmes plusieurs heures, sous l'immense nuit de la moitié du monde, jusqu'au lieu de réunion. Il y avait une vingtaine de personnes qui partagèrent aussitôt avec nous tout ce qu'ils avaient : des patates ridées et des gorgées de *puro*, une féroce eau-de-vie de canne. Vidal parlait en quechua et le seul mot que je parvenais à saisir était *compañeros*. Les paysans approuvaient, posaient des questions : au ton des voix je compris qu'ils discutaient ferme, et ils terminèrent en se donnant l'accolade comme des conspirateurs mythiques qui s'apprêtent à monter à l'assaut du ciel.

Vidal. Je l'ai accompagné à beaucoup d'autres réunions clandestines, nous avons même élaboré ensemble un programme minimum d'alphabétisation pendant qu'il me guidait dans l'histoire du monde andin et m'enseignait le quechua. Je l'ai vu euphorique et je l'ai vu triste, je l'ai vu chanter des *sanjuanitos*[1] ou roué de

---

1. Chansons populaires d'Equateur.

coups à l'hôpital d'Ibarra après une attaque des propriétaires terriens. J'ai vécu chez lui et sa famille a été la mienne. Quand j'ai quitté l'Equateur, en 1979, j'ai su que je quittais aussi un ami, un compagnon incomparable, et j'ai regretté de ne pas connaître son nom complet pour pouvoir lui écrire.

La vie m'a conduit sur bien des sentiers, jamais je n'ai oublié Vidal, et c'est la vie elle-même, celle qui réunit toujours les perdants, qui m'a fait il y quelques semaines un cadeau formidable : sur une photo publiée par un journal équatorien, que je lisais sur Internet, se trouvait mon ami, avec le Pichincha en fond, en train de parler à un groupe de paysans lors de l'inauguration d'une coopérative. La légende disait : « Vidal Sánchez, dirigeant syndical... »

Un homme nommé Vidal. Vidal Sánchez. Brecht avait raison d'écrire : « Il y a des hommes qui luttent toute leur vie : ceux-là sont indispensables. »

LE DOUANIER DE LAUFENBURG

Laufenburg est une petite ville suisse et allemande partagée par le vieux Rhin, qui glisse vert et majestueux sous le pont qui autrefois séparait, et relie à présent, les deux parties de la ville. Du côté allemand, derrière Laufenburg, commence le monde vert et splendide de la Forêt Noire. Dans la partie suisse on peut voir l'ordre parfait, presque énervant de la campagne helvétique, et on se demande si on n'a pas des hallucinations quand on se rend compte que les brins d'herbe ont presque tous la même longueur et que les vaches, affectées d'une folie bien pire que celle de leurs collègues britanniques, se déplacent toutes au même rythme.

Dans la partie allemande on parle *alemanisch*, un des dialectes les plus doux de la riche mosaïque dialectale du sud de l'Allemagne. Quand il le comprend et remarque l'abus des diminutifs, un Sud-Américain se sent chez lui.

Du côté suisse s'impose le *schwiserich*, et ses habitants ne communient avec la tendresse de l'*alemanisch* que pendant les journées de musique et de folie de la « Fastnacht », le carnaval. Pour passer de la partie suisse à la partie allemande il faut traverser le pont et s'armer de patience, car au poste frontière suisse se tient le Douanier.

Des deux côtés du pont il y a des douaniers. Les Allemands assument leur rôle de façon assez nonchalante, ce qui se comprend, car au milieu d'un paysage aussi rêveur personne n'a envie de créer des difficultés ni qu'on lui en crée. Si bien que les jeunes du côté allemand saluent aimablement ceux qui passent, regardent le fleuve, et très souvent vont boire des pintes de bière sur les accueillantes terrasses des bords du Rhin.

Les douaniers suisses font de même, à une exception près : le Douanier.

Il s'agit d'un homme trapu qui porte très dignement son uniforme gris et, coquettement incliné sur la gauche, son béret réglementaire. Il a la soixantaine, les cheveux blancs et des lorgnons pincés sur le nez. A première vue, son aspect suggère un petit gros débonnaire, mais ce n'est pas le cas, car cet homme est le Douanier.

Nombreux sont les Allemands qui travaillent en Suisse et tremblent chaque matin à la pensée que le Douanier est de service. Cette crainte est entièrement justifiée : ils prennent le risque de perdre beaucoup de temps à cause de ses excès de zèle et de son sens fiévreux du devoir.

Prenons par exemple cet habitant du Laufenburg allemand qui traverse la frontière deux fois par an, routine qui dure depuis dix ans, et qui a la malchance de tomber sur le Douanier.

— Pièce d'identité, *oder*, dit le Douanier.

— Encore ? Mais vous me connaissez depuis que je suis gosse, répond l'Allemand.

— Pièce d'identité, insiste froidement le Douanier.

L'Allemand la lui remet et supporte avec stoïcisme le regard du Douanier qui vérifie l'authenticité du document, que la photo coïncide, que la couleur des yeux correspond bien à celle qui est mentionnée et que la date de validité n'est pas dépassée.

— Vous avez quelque chose à déclarer, *oder* ? demande le Douanier.

— Rien. Que diable aurais-je à déclarer ? répond l'Allemand.

— Motifs de votre voyage en Suisse ? s'enquiert le Douanier.

— Ecoutez, il y a dix ans que je travaille dans les laboratoires CIBA et vous le savez parfaitement, s'exclame l'Allemand qui prend la mouche.

— Et ce sac ? Que transportez-vous dans ce sac ? demande le Douanier en désignant l'objet de ses soupçons.

L'Allemand ouvre le sac. Il contient un thermos de café et un délicieux sandwich de pain noir, fromage, jambon et concombre.

— Pain, fromage et concombre, *oder* ? énumère le Douanier.

— Et beurre. Beaucoup de beurre, murmure l'Allemand en consultant sa montre.

— Ouvrez le coffre du véhicule, ordonne le Douanier.

L'Allemand sort de sa voiture, respire profondément et obéit. Quand il ouvre le coffre il entend une exclamation de triomphe du Douanier qui pointe un doigt accusateur sur ce qu'il y a à l'intérieur.

L'Allemand regarde et se maudit de n'avoir pas vidé le coffre. La veille il est allé avec ses enfants à la piscine et a oublié d'enlever les bouées en forme de canard, les masques et deux terribles pistolets à eau que le Douanier examine avec les mêmes précautions que les artificiers britanniques en Ulster.

— Ecoutez, on se connaît si bien qu'on pourrait être de la même famille. Vous n'allez tout de même pas penser que je fais de la contrebande de canards gonflables, dit l'Allemand consterné.

La mère du Douanier est très populaire parmi les habitants du Laufenburg allemand et, si je m'en tiens au curieux inventaire des insultes scatologiques allemandes, son sphincter aussi.

C'est ce que pense l'Allemand tandis qu'il lève le capot afin que le Douanier inspecte, avec ses yeux de lynx et une lampe de poche, le carburateur, le radiateur et le liquide de freins.

Je traverse la frontière trois fois par semaines pour acheter des chocolats et des cigarettes brunes dans la partie suisse de Laufenburg et je peux assurer avec fierté que je détiens un curieux record : le Douanier a photocopié mon passeport au moins cinq cents fois, intégralement, page par page. J'ai coûté très cher au Trésor public suisse.

Chaque fois qu'il le fait et me demande où je vais, les motifs de mon voyage en Suisse, et si j'ai quelque chose à déclarer, *oder* ? il me semble entendre sous ses questions une déclaration de principe qui dit : A nous deux le traité de Maastricht ! A nous deux les accords de Schengen ! Je suis là, moi, le défenseur des frontières et des murs, le dernier chevalier croisé qui défend l'Europe contre les infidèles. Je suis là, moi, le Douanier suisse de Laufenburg.

Les roses d'Atacama

Fredy Taberna avait un carnet à couverture cartonnée dans lequel il notait consciencieusement les merveilles du monde, et celles-ci étaient plus de sept : elles étaient infinies et se multipliaient. Le hasard voulut que nous naissions le même jour du même mois et de la même année, mais séparés par deux mille kilomètres de terre aride, car Fredy était né dans le désert d'Atacama, non loin de la frontière qui sépare le Chili du Pérou, et ce hasard fut une des très nombreuses raisons qui cimentèrent notre amitié.

Un jour, à Santiago, je le vis compter tous les arbres du Parque Forestal et noter dans son carnet que l'allée centrale était bordée de trois cent vingt platanes plus hauts que la cathédrale d'Iquique, qui avaient presque tous des troncs si gros qu'il était impossible de les entourer de ses bras, et qu'à côté du parc coulait paisiblement le Río Mapocho et que c'était un bonheur de le voir passer sous les vieux ponts de fer.

Quand il me lut ses notes, je lui dis qu'il me semblait absurde de mentionner ces arbres, car Santiago comptait de nombreux parcs avec des platanes aussi hauts ou plus hauts que ceux-ci et que traiter si poétiquement le Río Mapocho, un faible courant d'eaux fangeuses qui charrie des ordures et des animaux crevés, me paraissait disproportionné.

— Tu ne connais pas le nord, c'est pour ça que tu ne comprends pas, répondit Fredy, et il continua à décrire les petits jardins qui conduisent au Cerro Santa Lucía.

Après avoir sursauté au coup de canon qui signale quotidiennement midi à Santiago, nous allâmes boire quelques bières à la Plaza de Armas, car nous avions une de ces énormes soifs que l'on a à vingt ans.

Quelques mois plus tard Fredy me fit découvrir le nord. Son nord. Aride, desséché, mais riche en mémoire et toujours prêt aux miracles. Nous partîmes d'Iquique aux premières lueurs d'un 30 mars et, avant que le soleil (*Inti*) s'élève au-dessus des montagnes du levant, la vétuste Land Rover d'un ami nous emportait sur la Panaméricaine, droite et longue comme une aiguille interminable.

A dix heures du matin le désert d'Atacama se montrait dans toute sa resplendissante inclémence, et je compris pourquoi la peau des gens d'Atacama semblait prématurément vieillie, creusée de sillons laissés par le soleil et les vents chargés de salpêtre.

Nous visitâmes des villages fantômes aux maisons parfaitement conservées, leurs pièces bien rangées, les tables et les chaises n'attendant que les invités, des théâtres ouvriers et des sièges syndicaux prêts pour la prochaine revendication, et des écoles avec leurs tableaux noirs pour y écrire l'histoire qui expliquerait la mort subite des exploitations de nitrate.

— Ici est passé Buenaventura Durruti. Il a dormi dans cette maison. Là il a parlé de la libre association des ouvriers, indique Fredy en me montrant sa propre histoire.

Au crépuscule nous nous arrêtâmes dans un cimetière aux tombes ornées de fleurs en papier desséchées et je crus que c'étaient les célèbres roses d'Atacama. Sur les croix étaient gravés des noms espagnols, aymaras, polonais, italiens, russes, anglais, chinois, serbes, croates, basques, asturiens, juifs, unis par la solitude de la mort et le froid qui s'abat sur le désert dès que le soleil s'enfonce dans le Pacifique.

Fredy prenait des notes dans son carnet, ou vérifiait l'exactitude de celles qu'il avait déjà prises.

Tout près du cimetière nous étendîmes nos sacs de couchage et nous nous mîmes à fumer et à écouter le silence, le murmure tellurique de millions de pierres qui, réchauffées par le soleil, éclatent imperceptiblement sous la violence du changement de température. Je me rappelle que je m'endormis fatigué d'observer les milliers d'étoiles qui illuminaient la nuit du désert, et qu'à l'aube du 31 mars mon ami me secoua pour me réveiller.

Les sacs de couchage étaient trempés. Je demandai s'il avait plu, Fredy répondit que oui, il était tombé une pluie douce et fine comme presque tous les 31 mars à Atacama. En me redressant je vis que le désert était rouge, d'un rouge vif, couvert de minuscules fleurs couleur de sang.

— Les voilà. Les roses du désert, les roses d'Atacama. Les plants sont toujours là, sous la terre salée. Les gens d'Atacama les ont vues, et les Incas, les conquistadors espagnols, les soldats de la guerre du Pacifique, les ouvriers du nitrate. Elles sont toujours là et fleurissent une fois par an. A midi, le soleil les aura calcinées, dit Fredy en prenant des notes dans son carnet.

Ce fut la dernière fois que je vis mon ami Fredy Taberna. Le 16 septembre 1973, trois jours après le coup d'état militaire fasciste, un peloton de soldats le conduisit en rase campagne aux environs d'Iquique. Il pouvait à peine bouger, ils lui avaient cassé plusieurs côtes et un bras, il ne pouvait presque plus ouvrir les yeux car son visage n'était plus qu'un hématome.

— Pour la dernière fois, vous vous déclarez coupable ? demanda un lieutenant du général Arellano Stark, lequel assistait à la scène.

— Je me déclare coupable d'être un dirigeant étudiant, d'être un militant socialiste et d'avoir lutté pour défendre le gouvernement constitutionnel, répondit Fredy.

Les militaires l'assassinèrent et enterrèrent son corps dans un endroit secret du désert. Des années plus tard, dans un café de Quito, un autre survivant de l'horreur, Ciro Valle, me raconta que Fredy reçut les balles en chantant à pleins poumons *La Marseillaise* socialiste.

Vingt-cinq ans ont passé. Neruda a peut-être raison quand il dit : « Nous, ceux d'alors, nous ne sommes plus les mêmes », mais au nom de mon camarade Fredy Taberna je continue de noter les merveilles du monde dans un carnet à couverture cartonnée.

Fernando

Par une journée perdue dans la mémoire des gens de Resistencia, dans le Chaco, on vit marcher dans les rues chaudes et humides un étranger qui portait une guitare et bavardait aimablement avec un chien de race inconnue qui l'accompagnait aussi fidèlement qu'une ombre. L'inconnu frappa à la porte d'une pension où, après s'être présenté comme artiste ambulant, chanteur de boléros pour être précis, il demanda si lui et son chien pouvaient loger là.

— A condition que vous respectiez l'heure de la sieste. Tu ne chantes pas et le chien n'aboie pas, lui répondit-on.

La sieste est longue dans le Chaco. Les heures de repos s'écoulent lentes et paisibles comme les eaux du Paraná. Sous la rigueur caniculaire les brises s'éloignent vers des territoires que personne ne connaît, le fourneau ne chante pas, le surubi[1] ferme ses yeux ronds au fond de l'eau et les gens s'abandonnent à une somnolence profonde et bienfaisante.

Quelques jours après son arrivée, le chanteur s'endormit pour toujours à l'heure de la sieste. En découvrant le triste événement, le patron de la pension et les voisins constatèrent qu'ils savaient bien peu, presque rien, de cet homme.

1. Enorme poisson d'eau douce à la chair très appréciée.

— Un des deux répond au nom de Fernando, mais je ne sais pas si c'est lui ou le chien, expliqua quelqu'un.

Après avoir enterré le chanteur, les habitants de Resistencia, comme pour respecter sa mémoire, décidèrent d'adopter le chien, ils le baptisèrent *Fernando* et organisèrent sa vie : le patron d'un bistrot s'engagea à lui donner chaque matin un bol de lait et deux croissants. Le chien Fernando déjeuna ainsi pendant douze ans dans le même bistrot et à la même table. Un tueur des abattoirs décida de lui servir tous les midis un morceau de viande avec os. Le chien Fernando fut ponctuel au rendez-vous pendant toute sa vie. Les artistes du Foyer des Muletiers, une maison sans portes où les voyageurs à pied trouvent encore repos et maté, acceptèrent le chien Fernando comme membre de l'institution, où il se distingua comme implacable critique musical. Peut-être hérité de son premier maître, le chien possédait un sens aigu de l'harmonie, et chaque fois qu'un musicien jouait faux il devait subir en réprimande les hurlements de Fernando.

Mempo Giardinelli m'a raconté que pendant le concert d'un prestigieux violoniste polonais en tournée dans le nord-est argentin, le chien Fernando, installé au premier rang, écouta attentivement, les yeux fermés et les oreilles dressées, jusqu'à ce qu'un couac du musicien lui arrache un hurlement déchirant. Le violoniste interrompit son interprétation et exigea qu'on expulse le chien de la salle. La réponse des gens du Chaco fut catégorique :

— Fernando sait ce qu'il fait. Ou tu joues bien ou c'est toi qui t'en vas.

Pendant douze ans, le chien Fernando eut le champ libre à Resistencia. Il n'était pas une noce sans les joyeux aboiements de Fernando tandis que les jeunes mariés dansaient un chamamé. Que Fernando vienne à manquer une veillée funèbre et c'était le discrédit tant pour le mort que pour sa famille.

La vie des chiens est malheureusement brève et celle

de Fernando ne fut pas une exception. Son enterrement fut le plus couru dont on se souvienne à Resistencia. Les journaux locaux se remplirent de tristes notices nécrologiques, d'innombrables Paraguayens traversèrent la frontière pour manifester leur profonde affliction, les caciques de la politique chantèrent les louanges des vertus citoyennes de Fernando, les poètes lurent des vers en son honneur et une souscription populaire finança son monument qui se dresse en face de la mairie, mais lui tournant le dos, c'est-à-dire montrant son cul au pouvoir.

Il y a quelques semaines, avec mon fils Sebastián qui s'initie aux sentiers que j'aime, nous quittions Resistencia pour traverser le Chaco Impénétrable. A la sortie de la ville nous lûmes pour la dernière fois le panneau où est écrit : « Bienvenue à Resistencia, ville du chien Fernando. »

RÊVER S'ÉCRIT AVEC LE « R » DE SALGARI

Dans un de mes rêves d'enfance Sandokan avait été sérieusement blessé au cours d'un affrontement avec des négriers hollandais, et son loyal Yañez n'était pas avec lui. Mais j'étais là, moi, affligé auprès du héros tombé, et ravalant mes larmes, je demandai au Tigre de Malaisie ce que je devais faire.

— Va chercher Yañez. Mets le cap sur Madagascar toutes voiles dehors, me répondit-il.

Des années plus tard, en 1984, je me trouvais au Mozambique, et dans une chambre de l'hôtel Sevilla, à Maputo, je refis le même rêve.

C'est ainsi que je rassemblai mes affaires et, à Punta da Barra, au nord d'Inhambane, je montai à bord d'un bateau de pêcheurs qui navigua vers l'est le long du Tropique du Capricorne.

D'une largeur d'environ six cents milles, le canal du Mozambique sépare l'Afrique de Madagascar, la quatrième île du monde par la taille. A mi-chemin, entre de dangereux bancs de sable, que les marins mozambicains connaissent comme la paume de leurs mains, je pus apercevoir les contours d'un autre lieu souvent visité par Sandokan : la triste île Europe, appartenant à la France et peuplée de milliers d'oiseaux de mer qui ne crient pas en français.

Après deux jours de paisible navigation, les pêcheurs me laissèrent à Tuléar, une belle ville entourée de palétuviers, qui ouvre les portes de l'immense Madagascar. Une bonne route permet de parcourir aisément les mille six cents kilomètres de l'île, depuis Fort Dauphin, au sud, jusqu'à Diego Suarez, au nord, mais quelque chose d'inexplicable me disait que je trouverais Yañez en empruntant les étroits chemins de la partie ouest, et j'eus ainsi l'occasion de connaître Mania, Morandova, Bejo, Maintirano et Marovoay.

Dans l'exubérante forêt d'ébène, de bois de rose, de palissandre et de raphia, apparaissent soudain les plantations de canne, de tabac et d'arbres à épices. Le vieux chemin de fer qui relie Maintirano à Tananarive traverse des régions dont l'air humide imprègne la peau d'odeurs de clous de girofle, de cannelle, de poivre et de noix de muscade, comme si la nature parfumait le voyageur avant qu'il ne fasse la connaissance des belles, très belles femmes malgaches qui, à tout point de vue, paraissent avoir été modelées par la plume de Salgari.

Elles sont altières, énigmatiques, se déplacent d'une démarche presque irréelle, car on pourrait jurer que leurs pieds ne touchent pas le sol.

Et les hommes, en plus d'être affables, sont d'extraordinaires causeurs. D'après les guides de voyage, à Madagascar on parle français et malgache, mais la proximité du Mozambique permet de se faire comprendre en portugais sans aucun problème.

Un soir, dans une taverne de Tamatave, je commençai à me faire du souci car je n'avais pas trouvé la moindre piste de Yañez, si bien que, pour mieux réfléchir, je vidai quelques verre du bon rhum de l'île et fumai un de ces cigares que les femmes roulent sur leurs cuisses généreuses. Soudain, sans m'en rendre compte, mes mains se joignirent au tambourinement rythmé des doigts sur les tables et je me laissai emporter par les conteurs d'histoires qui parlaient de jours très lointains, d'une liberté arrachée par les négriers français et hollandais, d'une Polynésie à laquelle les Malgaches retournent chaque nuit dans le vaisseau halluciné du tabac et du rhum, ce même bateau infini des rêves où j'ai enfin retrouvé Yañez qui m'a appris que Sandokan allait bien, très bien, qu'il était rétabli et prêt pour de nouveaux combats, car les blessures des héros de la littérature sont rapidement guéries par le baume de la lecture.

Un certain Lucas

La Patagonie argentine prend une intense couleur verte, de plus en plus soutenue à mesure qu'on se rapproche de la cordillère des Andes, comme si le feuillage des arbres qui ont survécu à la voracité des compagnies forestières voulait nous dire que la vie est possible malgré tout, car il y aura toujours des fous capables de voir plus loin que le bout du nez de la cupidité.

L'un d'entre eux est Lucas, ou un certain Lucas, comme, parodiant Cortazar, l'appellent les habitants des alentours du lac Epuyén.

Pendant les années 1976 et 1977, fuyant l'horreur déclenchée par les militaires argentins contre tout ce qui pensait ou se montrait différent du modèle établi selon les besoins de la patrie, que ces mêmes militaires avaient inventé, Lucas et un groupe de filles et de garçons avaient cherché refuge dans la lointaine Patagonie.

C'étaient des gens de la ville, des étudiants, des artistes, beaucoup n'avaient jamais vu un outil agricole et arrivaient chargés de livres, de disques, de symboles, avec pour seule idée de se risquer à formuler et à pratiquer un modèle de vie alternatif, différent, dans un pays où la peur et la barbarie uniformisaient tout.

Le premier hiver, comme tous les hivers patagoniens, fut dur, long et cruel. Les efforts consacrés à cultiver quelques carrés de potager les empêchèrent de faire une provision suffisante de bois et ils ne surent pas non plus calfeutrer convenablement les cabanes en rondins qu'ils avaient construites. Le vent glacé se faufilait partout. C'était un poignard de glace qui raccourcissait encore plus les journées australes.

Les pionniers, enfants de la ville, affrontaient un ennemi inconnu et imprévisible, et le faisaient de la seule manière qu'ils connaissaient : en discutant collectivement pour arriver à une solution. Mais les paroles bien intentionnées n'arrêtaient pas le vent et le froid mordait les os sans pitié.

Un jour, alors que les provisions de bois étaient presque épuisées, des hommes aux gestes lents se présentèrent devant les cabanes mal construites et, sans grands mots, déchargèrent le bois qu'ils transportaient à dos de mules, allumèrent les salamandres et se mirent à réparer les murs.

Lucas se rappelle qu'il les remercia et leur demanda pourquoi ils faisaient tout cela.

— Parce qu'il fait froid. Pour quoi d'autre, sinon ? répondit l'un des sauveurs.

Ce fut là le premier contact avec les gens de la Patagonie. Puis d'autres vinrent, et d'autres encore, et avec chacun d'eux les enfants de la ville apprenaient les secrets de cette région, belle et violemment fragile.

Ainsi passèrent les premières années. Les cabanes dressées près du lac Epuyén devinrent solides et accueillantes, les terres alentour se transformèrent en potagers, des ponts suspendus permirent de traverser les arroyos et, appliquant les leçons des paysans, chacun devint un protecteur des bois qui naissent au bord du lac et se prolongent à travers monts.

En 1985, en même temps que l'extermination des richesses forestières de la Patagonie chilienne par des compagnies de bois japonaises, la Patagonie argentine connut les horreurs du progrès néo-libéral : les tronçonneuses commencèrent à abattre des mélèzes, des hêtres, des yeuses, des châtaigniers, des arbres de trois cents ans ou plus et des arbustes d'à peine un mètre. Tout partait dans la gueule des broyeuses qui transformaient le bois en copeaux, en sciure facile à transporter au Japon. Le désert ainsi créé au Chili s'étendait jusqu'à la Patagonie argentine.

Les modèles économiques chilien et argentin sont la grande victoire des dictatures. Les sociétés qui ont grandi dans la peur acceptent comme légitime tout ce qui provient de la force, des armes ou du capital. Autour du lac Epuyén, rien ni personne ne semblait capable de s'opposer à la sinistre rumeur des tronçonneuses. Pourtant Lucas Chiappe, un certain Lucas, dit non, et se chargea de parler, au nom du bois, avec les gens qui vivent au sud du 42e parallèle.

— Pourquoi veux-tu sauver le bois ? lui demanda l'un d'eux.

— Parce qu'il faut le faire. Pour quoi d'autre, sinon ? répondit Lucas.

Et ainsi, contre vents et marées, entre défis et menaces, coups, emprisonnements, diffamations, naquit le projet « Lemu », ce qui en langue mapuche signifie bois.

A Buenos Aires on les appelle « ces *hippies* de merde qui s'opposent au progrès », mais les gens du lac Epuyén les soutiennent parce qu'une sagesse élémentaire leur dit que défendre la terre c'est défendre les êtres humains qui habitent le monde austral.

Chaque arbre sauvé, chaque arbre planté, chaque graine surveillée dans les pépinières est une seconde préservée du temps sans âge de la Patagonie. Demain, le projet Lemu sera peut-être un grand corridor forestier de presque mille cinq cents kilomètres. Demain, les astronautes verront peut-être une longue et belle ligne verte au bord de la cordillère des Andes australes.

Et quelqu'un leur dira peut-être que c'est Lucas Chiappe qui a commencé cela, un certain Lucas, citoyen d'Epuyén, là-bas en Patagonie.

L'AMOUR ET LA MORT

Dans la matinée, le facteur me remit un paquet. Je l'ouvris. C'était le premier exemplaire d'un roman que j'avais écrit en pensant à mes trois jeunes fils. Sebastián, de onze ans, et les jumeaux Max et León, qui en ont huit.

L'écrire avait été un acte d'amour pour eux, pour une ville où nous avions été intensément heureux, Hambourg, et pour le personnage principal, le chat Zorbas, un chat grand, noir et gros qui avait été notre compagnon de rêves, de contes et d'aventures pendant des années.

Et justement, alors que le facteur me remettait ce premier exemplaire du roman et que je ressentais le bonheur de voir mes mots dans l'ordre méticuleux des pages, Zorbas était en train d'être examiné par un vétérinaire, car il était affligé d'une maladie qui l'avait privé d'appétit et rendu triste et abattu, puis avait dramatiquement gêné sa respiration. L'après-midi j'allai le chercher et j'écoutai le terrible diagnostic : je regrette, mais votre chat a un cancer des poumons très avancé.

Les derniers paragraphes du roman parlent des yeux d'un chat noble, d'un chat bon, d'un chat de port, car Zorbas était tout cela et bien plus encore. Il était arrivé dans notre vie à la naissance de Sebastián et, avec le temps, de chat il était devenu un nouveau compagnon, un cher compagnon à quatre pattes et au ronronnement mélodieux. Nous l'aimions, ce chat, et c'est au nom de cet amour que je dus réunir mes enfants pour leur parler de la mort.

Parler de la mort à eux qui sont ma raison de vivre. A eux si petits, si purs, si ingénus, si confiants, si nobles et généreux. Je luttai avec les mots, cherchant les plus appropriés pour leur expliquer deux terribles vérités.

La première : que Zorbas, par une loi que nous n'avions pas inventée et à laquelle nous devions pourtant nous soumettre aux dépens de notre fierté, allait mourir, comme toute chose et comme tout être. La deuxième : qu'il dépendait de nous de lui éviter une mort atroce et douloureuse, car l'amour ne consiste pas seulement à faire le bonheur de l'être que nous aimons, mais aussi à lui éviter de souffrir et à préserver sa dignité.

Je sais que les larmes de mes enfants m'accompagneront toute ma vie. Comme je me suis senti pauvre et misérable devant leur vulnérabilité. Comme je me suis vu faible devant l'impossibilité de partager leur juste colère, leurs refus, leurs chants à la vie, leurs imprécations contre un Dieu qui, pour eux et seulement pour eux, aurait eu en moi un croyant, et leur espoir, invoqué avec toute la pureté des hommes, que Zorbas irait mieux.

Est-ce que la morale est un attribut ou une invention des hommes ? Comment leur expliquer que nous avions le devoir de préserver la dignité et l'intégrité de cet explorateur des toits, aventurier des jardins, terreur des rats, grimpeur de châtaigniers, bagarreur des cours au clair de lune, habitant éternel de nos conversations et de nos rêves ? Comment leur expliquer qu'il y a des maladies qui ont besoin de la chaleur et de la compagnie des bien-portants, mais qu'il en est d'autres qui sont pure agonie, pure, indigne et terrible agonie, dont le seul signe de vie est le désir véhément de mourir ?

Et comment répondre au radical « pourquoi lui » ?

Oui, pourquoi lui ? Notre compagnon de balades dans la Forêt Noire. Quel chat tout fou ! murmuraient les gens en le voyant courir avec nous, ou juché sur le porte-bagage d'une bicyclette. Pourquoi lui ? Notre chat de mer qui naviguait avec nous à bord d'un voilier sur les eaux du Kattegat. Notre chat qui, à peine ouverte la porte de l'auto, était le premier à monter, heureux de partir en voyage. Pourquoi lui ? A quoi me sert tout ce que j'ai vécu si je n'ai pas de réponse à cette question ?

Nous parlâmes en entourant Zorbas qui nous écoutait les yeux fermés, confiant, comme toujours. Chaque mot entrecoupé de larmes tomba sur son pelage noir. Nous le caressions, lui réaffirmions que nous étions avec lui et lui disions que cet amour qui nous unissait nous conduisait à la plus douloureuse des résolutions.

Mes fils, mes petits camarades, mes petits hommes, mes tendres et durs petits hommes murmurèrent le oui, qu'on fasse à Zorbas cette piqûre qui le ferait dormir, rêver d'un monde sans neige et avec des chiens aimables, des toits vastes et ensoleillés, des arbres infinis. De la cime de l'un d'eux il nous regarderait pour nous rappeler qu'il ne nous oublierait jamais.

Il fait nuit alors que j'écris. Zorbas, qui respire à peine, repose à mes pieds. Son pelage brille sous la lumière de la lampe. Je le caresse avec tristesse et impuissance. Il est le témoin de tant de nuits d'écriture, de tant de pages. Il a partagé avec moi la solitude et le vide qui viennent après le point final mis à un roman. Je lui ai récité mes doutes et les poèmes que je pense écrire un jour.

Zorbas. Demain, par amour, nous aurons perdu un grand compagnon.

P.S. Zorbas repose au pied d'un châtaignier, en Bavière. Mes enfants ont fait une stèle en bois sur laquelle on lit : « *Zorbas*. Hambourg 1984-Vilsheim 1996. Voyageur : ci-gît le plus noble des chats. Ecoute-le ronronner. »

LES ROSES BLANCHES DE STALINGRAD

Je n'ai jamais su si Moscou était une belle ville, car la beauté des villes n'existe que reflétée dans les yeux de ses habitants, et les Moscovites regardent obstinément le sol, comme s'ils cherchaient une inutile terre perdue sous leurs pieds.

Il n'est rien de plus triste que ces vieux qui, la tête rentrée dans les épaules et le regard collé à l'asphalte, n'attendent absolument rien, si ce n'est l'âme charitable qui leur achètera une des mille babioles exposées sur des mouchoirs, des serviettes, des nappes ou des restes d'un trousseau de mariage. Beaucoup portent des médailles au revers, et ma traductrice m'aide à identifier ces vestiges iconographiques d'un pays qui a succombé sans heurts et sans éclat : ce vieux qui, malgré la chaleur, ne quitte pas son caban, est un héros de l'Union soviétique. Parmi des tasses de porcelaine douteuse, des cuillers et des livres dont je ne comprends pas le titre, deux vieillards proposent des douzaines d'objets de l'attirail communiste.

Nous nous approchons d'une vieille femme, je ne sais pourquoi, peut-être attirés par la beauté de la fille qui sourit sur une photographie en noir et blanc. Elle le remarque et, de ses grosses mains qui me semblent celles d'une paysanne, couvertes de veines et de taches, elle nous tend le portrait au cadre en bois.

C'est une belle fille, elle pose debout sur l'aile d'un avion, porte une vareuse en cuir sanglée par un ceinturon militaire, le vent figé par la photographie joue avec le foulard qu'elle porte autour du cou, et avec sa chevelure qui peut-être était blonde.

A côté d'elle on voit une autre fille, bien en chair dans une combinaison de mécanicien. Au bas de la photo il y a plusieurs signatures, pour moi illisibles, et des cachets déteints frappés de la faucille et du marteau. Ma traductrice échange quelques mots avec la vieille femme qui, de ses doigts tremblants, montre la fille rondelette de la photo et sourit.

Elles continuent à parler, je ne comprends pas un mot, je suppose qu'elles discutent du prix, jusqu'à ce que Ludmila lui donne tout l'argent qu'elle a sur elle et s'éloigne en se mordant les lèvres.

Dans son appartement, tandis que nous buvons un thé, Ludmila ouvre un livre sur la Deuxième Guerre mondiale et me raconte l'histoire de cette photo.

La belle fille de l'avion s'appelait Lilia Vladimirovna Litviak et était pilote de chasse. Elle était née à Moscou un jour d'août 1921 ; à vingt ans elle eut son baptême du feu dans le ciel de Stalingrad et, avec cinq femmes pilotes de la 286ᵉ Division de l'armée Rouge, elle forma un escadron appelé Les Roses Blanches de Stalingrad. Aux commandes de leurs rapides Yakolev-1 elles affrontèrent les Allemands et devinrent en peu de temps le cauchemar de la Luftwaffe. Une rose blanche peinte sur l'étoile rouge identifiait l'avion de Lilia, leader du groupe, qui entre septembre 42 et août 43 abattit douze appareils de l'ennemi nazi. Le lieutenant Lilia Vladimirovna Litviak avait vingt-deux ans quand elle décolla pour accomplir sa mission numéro 168, dont elle ne revint jamais.

La rondelette en combinaison de mécanicien s'appelle Inna Pasportnikova. Sa mission pendant la guerre était de tenir prêts au décollage les Yakolev des Roses Blanches de Stalingrad et elle est l'unique survivante de ces femmes courageuses, oui, survivante, parce que cette vieille femme qui a payé sa part de sacrifice et donné les meilleures années de sa jeunesse à la lutte contre la peste brune, survit avec une pension de moins de quatre dollars et vend ses souvenirs dans une rue de Moscou.

Des voitures rapides traversent les avenues moscovites. Les vitres fumées ne laissent pas voir les passagers. Des hommes élégants sortent des banques flanqués de gardes du corps. Le restaurant Dimitri propose un *executive menu* à trois cents dollars, champagne inclus. Inna Pasportnikova regarde obstinément le sol.

Je veux croire qu'elle a encore un rêve, un seul : voir atterrir le Yakolev de sa camarade lieutenant Lilia Vladimirovna, le réviser et aussitôt décoller avec elle pour accomplir la dernière mission des Roses Blanches de Stalingrad.

« *68* »

Pour les trente ans de 68 on parlera du mai français, de la geste des étudiants parisiens, on entendra ceux qui y étaient et ceux qui voulurent ou crurent avoir été sur les barricades du Quartier latin. Je voudrais évoquer un soixante-huitard qui n'était pas à Paris, mais en beaucoup d'autres endroits.

Je l'ai connu en 1967 lors d'une rencontre de mouvements de jeunesse du Cône sud qui se déroulait à Cordoba, en Argentine, et au cours de laquelle nous, qui n'avions pas vingt ans, avions été étonnés par un groupe de rock venu de Tchécoslovaquie. Ils s'appelaient The Crazy Boys et celui qui était première guitare et chanteur s'efforçait d'expliquer en espagnol les textes qu'il chantait ensuite dans la langue de Seifert.

Cet après-midi-là, dans le stade de football de Cordoba, Miki Volek nous parla d'un jeune poète tchèque nommé Jan Palach dont il nous lut un poème qu'il avait mis en musique. Le poème disait : *J'ose parce que / tu oses parce que / il ose parce que / nous osons parce que / vous osez parce que / ils n'osent pas.*

Nous étions à cette époque, comme les rockers d'aujourd'hui, très fidèles à nos idoles, et nous avions du mal à ajouter des noms à la liste qui commençait par Pete Segers, Lou Reed et Bill Haley, mais The Crazy

Boys et son leader Miki Volek nous ouvraient une dimension différente de cette musique que nous portions, et portons encore, dans nos veines. Nous ne comprenions pas la langue tchèque, mais nous sentions que ces chansons étaient comme nous : pleines d'espoir, joyeuses, irrévérencieuses.

Un an plus tard survint l'invasion soviétique de la Tchécoslovaquie, l'écrasement par le feu et par le sang du Printemps de Prague. Jan Palach, fidèle à son poème, osa jusqu'aux ultimes conséquences en immolant sa précieuse jeune vie devant les tanks des envahisseurs. Miki Volek osa lui aussi et fut emprisonné pendant six mois avant d'obtenir une liberté douteuse en échange de l'abandon de sa profession de musicien, de sa foi de rocker.

Entre 1969 et 1971, Miki Volek travailla comme jardinier dans un cimetière de Prague. « J'ai cru que j'étais seul, que je n'avais plus que les morts, alors je chantais pour eux, mais que je n'ai jamais su s'ils aimaient mon répertoire », raconta Miki à la réunion clandestine où fut fondé le groupe de la Charte 77. Mais il n'était pas seul.

A la fin de 1971, grâce aux démarches de plusieurs groupes de rock, tels que les Blue Splendor, Red Diamonds ou The Rio Branco Connection, Miki Volek put venir au festival de rock de Valparaiso, au Chili. Il arriva sans sa guitare, que la dictature tchèque lui avait confisquée, mais avec des chansons pleines d'espoir, joyeuses et irrévérencieuses.

En s'accompagnant d'une guitare prêtée il nous chanta un thème que nous intégrâmes immédiatement à notre répertoire. C'était une ballade qui parlait d'une troisième voie vers la liberté : loin de l'égoïsme, loin de la médiocrité et loin, très loin, du pouvoir.

A la fin du concert, des mains anonymes lui firent parvenir un paquet qui avait voyagé de Montevideo jusqu'à la scène. Miki l'ouvrit aussitôt. C'était une guitare électrique, une Fander, c'était *la* guitare, et un petit mot y était accroché : « Pour que tu n'arrêtes jamais de jouer. Direction du MNL Tupamaros. »

Cette Fander accompagna Miki Volek toute sa vie. Elle fut la compagne de son incessante audace. Volek alla plusieurs fois en prison, il connut les coups, les humiliations et n'arrêta jamais de chanter, jusqu'à ce que le régime communiste s'effondre comme un château d'ordures.

Je le vis pour la dernière fois à Berlin, pendant l'inoubliable nuit où le mur tomba. Nous parlâmes des vieux rockers, il me raconta que The Crazy Boys étaient tous grands-pères et que lui, malgré quelques ennuis de santé, continuait à être le même joyeux drille que j'avais connu à Cordoba. Nous bûmes la dernière bière, le coup de l'étrier, dans une station de métro et je le vis s'éloigner avec son allure de rocker invaincu.

Miki Volek mourut le 15 octobre 1996, le même jour que Sergiu Celibidache, c'est pourquoi personne ne parla du rocker tchèque ni n'écrivit de notice nécrologique.

En apprenant la nouvelle j'ai demandé à mon fils Carlos, guitariste – il joue lui aussi sur une Fander – du groupe de rock suédois Psycore, de retrouver The Crazy Boys parmi la tribu mondiale des rockers. Je rencontrai ainsi Jîri Bander, le bassiste du groupe tchèque. J'appris par lui que Miki était mort seul, dans la solitude la plus absolue et dans la misère. A cinquante-trois ans ses reins avaient lâché et il n'avait pas d'argent pour payer un médecin. Il vivait dans une banlieue de Prague où il était l'unique habitant d'un immeuble condamné à la démolition. Il n'avait rien. Rien ? Non. Il avait encore la guitare que lui avaient offerte les Tupamaros et il la tenait serrée contre lui dans son dernier voyage.

Miki Volek est l'un de mes héros de 68, et je suis sûr qu'avant de mourir il osa arracher quelques notes à la Fander. Quelques notes pleines d'espoir, joyeuses et irrévérencieuses, car les nobles rockers comme Miki s'en vont mais ne meurent pas.

Papa Hemingway est visité par un ange

Joselito Morales est noir comme la nuit et à cette heure il se promène sûrement dans les rues de La Havane avec sa valise en carton déglinguée pleine d'avocats. Lui et les avocats forment un curieux mélange de noir et de vert qui se profile sur les couleurs changeantes de la Caraïbe.

— Vous savez que tous les boxeurs nobles vont au ciel ? me demanda-t-il un soir où nous étions assis sur le Malecón.

— Quel ciel ? lui demandai-je à mon tour.

— Pas le ciel des curés, mais l'autre, celui qui est plein de jolies filles qui ne disent jamais non quand on les invite à danser. Dans ce ciel on peut boire tout le rhum qu'on veut, et gratis. C'est le ciel où Papa Hemingway reçoit tous ceux qui ont été nobles.

L'idée de Joselito me plut, et c'est à ce ciel que je crois.

Aujourd'hui, à l'approche du trente-cinquième anniversaire de la mort d'Ernest Hemingway, sa petite-fille Margot a décidé de se mettre en route pour retrouver son grand-père et je veux croire que, où qu'il soit dans ce ciel, il y aura une fête avec beaucoup de rhum et de musique caribéenne.

Papa Hemigway m'accompagne depuis ma jeunesse. Devant la table de boulanger sur laquelle j'écris, j'ai une photo de lui qui le montre en gros pull de laine et on voit sur son visage toutes les marques que la vie y a creusées.

J'écris des marques et non des cicatrices, car les cicatrices sont des monuments à la douleur ; en revanche, les marques d'Hemingway me disent : regarde, camarade, c'est de là que naît la littérature, de ces marques qui sont les diplômes de tout de qu'on a vécu.

Souvent, j'ai suivi ses pas en Espagne, en Italie, à Cuba, et j'y ai toujours trouvé des traces qui ont renforcé mon affection pour le maître. Je l'ai suivi, non dans l'Espagne des courses de taureaux, mais dans celle de la défaite républicaine, car c'est là qu'Hemingway a recueilli le meilleur de l'existence.

Un de mes oncles qui avait combattu dans les Brigades Internationales a su faire son portrait : « Il savait que la cause républicaine était vaincue, mais il est resté avec nous, non pour nous redonner courage, nous en avions à revendre ; il est resté pour nous rappeler que nous étions des hommes dignes et que la lutte ne s'achevait pas sur les fronts de Teruel ou de Saragosse. Elle continuait au-delà des Pyrénées et de l'Oural. Il est resté pour nous dire que la dignité était une cause planétaire. »

Un matin, à Venise, j'ai pris de très bonne heure le bateau qui devait me conduire à l'aéroport. C'était l'hiver et la lumière du petit jour peignait la ville de couleurs incertaines, presque irréelles. L'eau des canaux, lisse comme un miroir, semblait se plaindre des blessures qu'ouvrait l'embarcation, et soudain, dans le reflet de cette Venise encore endormie, j'ai vu la silhouette d'un vieil homme qui remâchait le silence de l'aube, seule manière pour lui d'accepter l'impossibilité de son amour pour une femme beaucoup plus jeune, trop jeune, et cela non par un préjugé défaitiste ou une supercherie morale, mais pour sauver la capacité d'aimer de cette femme.

A bord du bateau j'ai revécu toute l'histoire de *Across the River and into the Trees*, et j'ai observé comment Papa

Hemingway s'éloignait avec le vieux personnage vers d'autres parages de la lagune pour continuer la chasse aux canards, formidable prétexte pour ce roman d'amour plein de sagesse.

Dans la Caraïbe, je l'ai rencontré dans tous les pêcheurs aux « yeux bleus et invaincus », bleus, non par le sang anglo-saxon, mais teints par la couleur de la mer et les malheurs.

Je le salue tous les jours, et chaque jour Papa Hemingway me répond en m'apprenant que le métier d'écrire est un travail d'artisan. Je le salue et je lui dis que ses conseils sont pour moi des commandements : « N'arrête d'écrire que quand tu sais comment l'histoire continue. Rappelle-toi qu'on peut écrire d'excellents romans avec des mots à vingt dollars, mais ce qui est méritoire c'est de les écrire avec des mots à vingt cents. N'oublie jamais que ton métier n'est qu'une partie de ton destin. Une raie de moins ne change pas la peau du tigre, mais un mot de trop tue n'importe quelle histoire. La tristesse se résout dans un bar, jamais dans la littérature ».

Parfois j'imagine le suicide de Papa Hemingway. Je suppose que ce matin de 1961 il s'est regardé dans le miroir et s'est demandé : Et maintenant ?

Dehors il y avait les montagnes d'Idaho, les arbres, l'herbe, les oiseaux, ses chats (la nuit précédente l'un d'eux avait griffé un livre de Paul Lafargue), tout ce qui résumait la vie d'un géant. Et maintenant ?

Alors il a armé le fusil, décidé d'en finir avec la faiblesse qui menaçait d'abattre l'homme.

Trente-cinq ans plus tard, sa petite-fille est avec lui, dans ce même ciel que m'a décrit Joselito Morales à La Havane. Pas le ciel des curés, mais l'autre, où la vie est une fête.

Juanpa

J'ai connu bien des personnes qui se distinguent par leur entêtement éthique, leur cohérence morale, leur insistance à défendre les droits de l'autre. Mais rares sont celles qui atteignent le niveau de détermination de mon ami Juanpa, et chaque fois que je lui ai demandé s'il ne se lassait pas de lutter à contre-courant, il m'a toujours répondu que c'était pour lui la seule façon de comprendre le journalisme.

Pendant quinze années atroces, Juanpa a dirigé la revue *Analisis*, première barricade du combat démocratique contre la dictature dirigée par un délinquant international appelé Pinochet. *Analisis* fut aussi le fortin de papier où se réfugiaient les droits de l'homme piétinés et la mémoire du Chili.

Les kiosques à journaux n'osaient pas tous la vendre, la lire en public était dangereux et posséder d'anciens numéros de la revue devint motif d'inculpation pour détention de matériel subversif ; mais chaque quinzaine, puis chaque semaine, la revue et les éditoriaux de Juanpa étaient la seule lueur qui défiait les ombres de la dictature.

Ce furent des années dures, vraiment, et autour de Juanpa se retrouva une équipe de journalistes et de collaborateurs qui exercèrent quasiment un volontariat. Il y avait la peur, bien sûr qu'elle était là, car la terreur montrait partout ses griffes, mais la raison, la certitude de la raison, était le grand stimulant pour aller de l'avant. Il fallut payer un prix pour maintenir l'unique expression libre de la presse chilienne. Un prix élevé.

José Carrasco Tapia, Pepone pour tous ceux qui l'aimaient, éditeur international d'*Analisis*, fut arrêté chez lui et emmené une nuit de 1985, pendant les heures macabres du couvre-feu, alors qu'il venait de se mettre au lit. Silvia, sa compagne, tenta de lui donner ses chaussures, mais les émissaires de Pinochet lui répondirent : « Là où on l'emmène il n'en aura pas besoin ». Le corps de Pepone fut retrouvé le lendemain criblé de balles et portant les marques caractéristiques de la torture, qui restera comme un sceau indélébile sur l'histoire du Chili, quel que soit le succès de son modèle économique.

Juanpa fut en permanence dans la ligne de mire du dictateur, mais l'intelligence perverse de celui-ci et celle de ses conseillers civils, Onofre Jarpa et Jaime Guzmán, inclinèrent Pinochet à penser qu'assassiner Juanpa ou le faire disparaître entraînerait des complications internationales.

On ne fait pas aisément disparaître un journaliste couronné de la Plume d'Or de la Liberté décernée par la Fédération Internationale des Editeurs de Journaux, ou du Prix Ortega y Gasset de *El País* parmi les nombreuses autres récompenses qu'il avait reçues. Après cette réflexion élémentaire, la bête en uniforme décida que Juanpa serait son prisonnier personnel, sa victime privée.

Juanpa passa six mois en prison et ne cessa jamais d'écrire. Des mains amies se chargeaient de faire sortir du cachot ses éditoriaux manuscrits qui, le lundi suivant, paraissaient dans *Analisis*. Des ministres étrangers lui rendaient visite, les correspondants de presse accrédités montaient la garde devant la prison pour veiller sur la vie de Juanpa. Et *Analisis* continuait d'être vendu dans les kiosques.

Dans un geste de générosité, la bête, Pinochet, lui permit de quitter la prison pendant la journée, mais il devait réintégrer sa cellule chaque soir, et cela en l'absence du moindre jugement, par le simple bon vouloir du seigneur des horreurs.

Les années passèrent, la trempe de Juanpa resta inébranlable, tout comme sa plume et son éthique. Cela finit naturellement par inquiéter l'officier d'infanterie, qui se vantait de lire quinze minutes par jour et qui ordonna une nouvelle forme d'intimidation : brûler la maison du journaliste.

Ils le firent deux fois. Pendant un de ses rares jours de liberté j'ai aidé Juanpa à ranger ses livres roussis par le feu, encore humides de l'eau salvatrice des voisins qui étaient arrivés à temps. Dans sa maison de San Vicente, au sud de Santiago, Juanpa possède la plus belle collection de livres à moitié consumés par les flammes, dont les titres se lisent à peine et qu'avec des amis nous avons baptisée Bibliothèque Torquemada.

En 1989, la dictature succomba au rejet populaire et s'installa une sorte d'étrange démocratie, mais l'ombre du dictateur resta, se manifestant par des pactes secrets et des présences odieuses. Dans quelque salon du pouvoir, les nouveaux démocrates et le dictateur déguisé décidèrent de la fin de la revue *Analisis*, de la fermeture du bastion démocratique dirigé par Juanpa.

Je viens de le voir à Mexico, nous nous sommes rappelé ces histoires et bien d'autres du mémorial contre la dictature. Il était toujours le même, entêté, courageux, inébranlable et déclarant que nous avions beaucoup à faire.

Quand tu veux et où tu veux, Juanpa, Juan Pablo Cárdenas, camarade de cœur, journaliste indispensable.

ROSELLA, LA PLUS BELLE

Il y a exactement deux ans, sous le soleil piémontais de midi, je sentis que la faim hâtait mes pas vers le marché d'Asti et une vieille *trattoria* qui s'appelait simplement : Trattoria du Marché.

J'ouvris la porte, entrai, l'endroit me parut un de ces restaurants de cuisine populaire où je suis allé dans de nombreux pays et où l'on mange incontestablement mieux que dans les établissements alignant plusieurs fourchettes, car on mange aussi avec les yeux, avec les oreilles, et l'accompagnement est généralement fourni par les gens qui partagent les autres tables.

Une femme souriante vint vers moi, petite, aux yeux vifs, qui m'invita aussitôt à prendre place près de la fenêtre donnant sur le marché, me dit que je devais goûter son vin – le meilleur vin d'Asti, ajouta-t-elle – puis se mit à m'observer avec une expression amusée.

— Tu aimes ? demanda-t-elle en montrant mon verre vide.

Je répondis que oui, qu'il était très bon, rafraîchissant, fruité, et je lui demandai la carte pour choisir ce que j'allais manger.

— Je m'appelle Rosella et il y a quarante ans que je nourris des camionneurs, des vendeurs, des représentants de commerce, des artistes et des saltimbanques. Pas un ne s'est plaint jusqu'à maintenant, affirma-t-elle.

— Très bien, répondis-je et la nappe à carreaux rouges et blancs se couvrit des jardins potagers du Piémont, avant de passer aux prodigieuses pâtes, orgueil de la cuisine de Rosella. J'adore la saveur et l'arôme du basilic. Ce jour-là j'ai adoré plus que jamais l'orchidée verte de la table méditerranéenne. Je suis resté une semaine dans la ville et, midi et soir, je me suis installé à une table de la Trattoria du Marché.

Il y a une semaine je suis retourné à Asti et la première chose que j'ai faite fut d'aller à la trattoria pour saluer Rosella ; l'endroit n'avait pas changé, mêmes tables, mêmes nappes et mêmes arômes provenant de la cuisine, mais il y avait une ambiance étrange parmi les clients, une ambiance où se mêlaient la peine et la colère, la nostalgie et l'impuissance.

En buvant le vin de la dernière vendange j'appris qu'une condamnation à mort pesait sur la trattoria, car la municipalité – de droite – avait décidé de raser la maison au prétexte qu'elle ne réunissait pas les caractéristiques requises pour entrer dans l'inventaire des édifices historiques, que ses cent cinquante ans ne signifiaient pas grand-chose dans une ville aux constructions millénaires, et enfin que son emplacement était destiné à un édifice moderne.

La maison en question n'est pas jolie, elle est belle. Surtout les soirs d'été quand Rosella sort les tables dans la rue ou en installe sous les arceaux d'une vieille écurie. On dîne alors à la lueur des bougies dans une ambiance parfumée par les lauriers-roses et les légumes d'un jardin tout proche. On dîne et on chante. Il arrive toujours quelque guitariste et à la deuxième chanson la trattoria se convertit en fête de famille. Mais rien de cela ne compte pour la modernité.

Le 18 juin dernier, la Trattoria du Marché a célébré son

dernier dîner. Rosella, en habits de fête, a invité tous ses clients à réserver une fin digne à la cave, aux légumes du potager, elle a préparé des kilos de ses fameuses pâtes, plusieurs faitouts de son inégalable ragoût d'aubergines et d'immenses plateaux de son inoubliable tarte aux truffes.

Nous avons mangé, chanté, ri, bu jusqu'à l'aube, où se sont joints à la fête les camelots du marché, les vendeurs de journaux et les premiers oiseaux du matin.

A intervalles réguliers, une femme à l'accent napolitain velouté entonnait une chanson dont le refrain, « Rosella, tu es et sera toujours la plus belle », était repris en chœur comme une façon de conjurer le destin et de rendre la défaite plus supportable.

Je sais maintenant que je ne reviendrai jamais manger chez Rosella, et que la Trattoria du Marché vient s'ajouter à l'inventaire de mes pertes.

ASTURIES

Je déteste parler de moi parce que je n'ai jamais voulu être un personnage, mais que diable, je suppose qu'un écrivain doit affronter sa propre vie.
Un jour de 1997 j'ai décidé de quitter Paris – oh! Paris! – pour aller vivre définitivement dans le seul endroit au monde où je m'étais senti en sécurité : les Asturies. Le choix n'a pas été bien difficile.
Dans cette région du nord de l'Espagne, ouverte sur la mer Cantabrique, les marginaux tels que moi qui revendiquent le droit à la marginalité sont les bienvenus. Et il n'y a pas d'endroit plus marginal que les Asturies. Il n'y pas de région plus douloureuse que les Asturies, et pour le comprendre il suffit d'être à Gijón, Langreo, Avilès ou Mieres quand retentissent les sirènes de la tragédie minière. Il arrive – et cela en pleine époque de bien-être et de nouvel ordre international – que la mine avale un ou plusieurs hommes ; alors les sereines vallées asturiennes tressaillent d'une grimace cosmique. Mais les Asturiens – dont j'ai tant appris – qui sont durs et tendres, irascibles et pacifiques, font passer, avant leur colère légitime, volonté et résistance, deux précieux signes d'identité.
Récemment, un marginal tel que moi fut déclaré, en France, chevalier des Arts et des Lettres, et les Asturies

m'ont témoigné toute leur affection. Plus tard, à Paris, on me posa l'inévitable question : pourquoi vis-tu là-bas et pas ici, ou à Barcelone, Madrid, Rome, Strasbourg ?

Pour répondre je me rappelai la définition simple et complexe de l'humanité que m'avaient apprise les Asturiens : « Ou tu es des autres ou tu es des nôtres ». Et qui sont les nôtres ? Ceux qui se sont fait baiser, ceux qui perdent sans qu'on leur ait demandé s'ils voulaient perdre. Et ceux qui donnent le meilleur d'eux-mêmes sans attendre de récompense ou de reconnaissance.

En 1966, les mineurs du charbon de Lota, au Chili, restèrent onze mois en grève et ne purent résister que grâce à l'appui des mineurs asturiens qui, en plein franquisme, trouvèrent le moyen d'aider leurs lointains camarades chiliens. Il y a deux ans à peine, les camions chargés d'aide humanitaire qui partirent des Asturies furent les premiers à arriver à Mostar et à Sarajevo, passant outre, à plusieurs reprises, les décisions d'une Europe abasourdie et servile.

L'intégration de l'Espagne à la Communauté Européenne imposa aux Asturiens un prix élevé, qui s'appela reconversion industrielle, chômage, précarité, mais une fierté inexplicable pour les bureaucrates du triomphalisme leur permit d'affronter la situation de manière créative, car les sociétés solidaires ne peuvent pas être reconverties dans l'égoïsme.

La froide solitude du cap de Peñas est un prétexte à la convivialité dans les athénées ouvriers. Quelle entéléchie ! diront les prophètes de la modernité. Mais dans les Asturies, si la tradition tend la main à la culture universelle, l'idée de progrès impliquant des victimes y est inconcevable.

Il est facile d'arriver en terre asturienne, il suffit de franchir l'arc doré du cidre que forme l'échanson. Et là commence un monde qui est tout un programme : vivre et laisser vivre, ne pas criminaliser les victimes, faire que le caciquisme politique éclate en mille morceaux, croire au futur, mais un futur où chacun aura un rôle à jouer, chanter, boire, lire, travailler, penser.

J'ai connu de nombreux pays et il y a trois ans que j'ai commencé à vivre dans les Asturies, à y imaginer mes livres, à intégrer une foule de marginaux dans une histoire qui ne s'écrira jamais, mais peu importe puisque j'ai appris des Asturiens que la vie est une série infinie de petits triomphes et de grands échecs.

Il n'est pas difficile d'être heureux, disent les Asturiens dans leur marginalité glorieuse qui leur rappelle 1934, ou atroce quand ils pensent aux visites de Franco et de doña Carmen pillant les boutiques des vaincus. Et moi, comme eux, je sais qu'on est heureux « quand on écoute une *gaita*[1] et qu'il y a du cidre dans le pressoir ».

---

1. Cornemuse.

MONSIEUR PERSONNE

Une nuit de 1937, des mains frappèrent violemment à la porte d'une humble maison de Wüppertal. Une femme interrompit la lecture des espiègleries de *Max und Moritz* et, à partir de cet instant, l'enfant qui avait entendu les coups plongea dans un profond silence qui allait durer trois décennies.

Il s'appelait Fritz Niemand, ce qui peut se traduire par Frédéric Personne. Il vit ses parents et quelques voisins pour la dernière fois dans un souterrain de la Gestapo et, bien qu'il n'eût que sept ans, il reçut le « traitement de rigueur », c'est-à-dire coups et tortures, afin qu'il dénonce d'éventuels visiteurs passés chez lui, mais le petit Frédéric Personne ne pouvait plus parler, car sa langue s'était transformée en un appendice mort, pétrifié par l'horreur.

Les nazis le considérèrent comme une loque inutile et l'internèrent dans une clinique pour malades mentaux, afin que son corps rende des services au développement scientifique du troisième Reich, autrement dit ils décidèrent de l'utiliser comme cobaye.

A l'âge de dix ans, Frédéric Personne avait perdu tous ses cheveux à la suite d'expériences avec des substances chimiques auxquelles il avait été soumis. Puis il perdit toutes ses dents. En 1945, quand les alliés, après avoir libéré les quelques survivants des camps de concentration, s'occupèrent de ceux qui survivaient eux aussi dans des dizaines d'asiles pour déments, ils le trouvèrent quasiment mort d'inanition, aveugle et castré.

Frédéric Personne ne put témoigner à Nuremberg, car sa langue restait paralysée, et il fut ainsi le témoin muet du processus de dénazification, une sorte de succédané idéologique qu'aucun spécialiste n'a réussi à expliquer et qui, comme par enchantement, transforma des nazis convaincus et pratiquants en démocrates exemplaires.

Mais comme la vie, même la plus douloureuse, n'est pas étrangère à la magie, il arriva que, grâce à l'amour et à la ténacité d'une infirmière américaine, Frédéric Personne retrouve l'usage de la parole et l'emploie pour réclamer justice. On ne l'écouta pas.

En 1967, il identifia la voix d'un des médecins qui l'avaient castré, et qui était, à cette époque, professeur à l'université de Heidelberg. Son passé nazi fut prouvé ainsi que sa participation à des expériences inhumaines, mais la cécité empêcha Frédéric Personne d'être témoin à charge.

J'ai fait sa connaissance en 1986, quand un groupe d'admirables Allemands antifascistes, d'une incomparable solidarité, comme le sont les membres de la Libertaire Asoziation, me présentèrent cet étrange aveugle qui parcourait l'Allemagne à la recherche des voix des coupables, du ton des bourreaux, de la respiration des assassins. Je l'ai vu pour la dernière fois en 1990, lors des obsèques des Turcs, hommes, femmes, enfants, assassinés par les néo-nazis à Mölln, au nord de l'Allemagne. Je lui ai demandé comment il allait, comment il se sentait, et il m'a répondu qu'il avait peur, parce que les voix des tortionnaires se multipliaient.

Il avait raison Fritz Niemand, Frédéric Personne, et il continue d'avoir raison, car aujourd'hui, l'extrême droite allemande, avec la totale complaisance de la police, occupe les rues de l'ex-RDA et aboie ses anciens slogans d'horreur.

Il a raison car aujourd'hui, le pays à la pointe de la construction européenne est ébranlé par l'arrogance des nazis qui s'infiltrent dans son armée et par la sympathie ouverte des forces de l'ordre pour les discours racistes les plus récalcitrants. Il a raison car aujourd'hui, en Bavière – dont aucun habitant, bien sûr, ne connaissait l'existence de Dachau – un éditeur d'ordures nazies, formellement interdites, s'est transformé en un leader politique qui participe aux élections avec le même discours qui conduisit Hitler au pouvoir et l'Allemagne à la catastrophe. Il a raison car en Carinthie, en Autriche, les néo-nazis déguisés en libéraux aiguisent leurs serres et se préparent à l'assaut. Cinq mille néo-nazis de toute l'Europe se sont donné rendez-vous à Berlin, et Frédéric Personne a entendu de nouveau la voix de l'horreur dans toute sa netteté.

Et l'Europe ? Elle va bien, merci. Complaisante avec la présence de Le Pen en France, elle observe le cours du mark allemand, pilier de l'euro, et masque la montée du néo-nazisme et du racisme par les euphémismes protecteurs « d'expression du mécontentement » ou de « vote d'avertissement ».

Un vieux fantôme hante l'Europe, mais ce n'est pas celui du communisme : c'est le fantôme du courage civique pour balayer définitivement toute cette ordure. Quand cela arrivera, Frédéric Personne aura enfin trouvé la justice qu'il cherche, l'ouïe en alerte et la mémoire invaincue.

COLOANE

Ainsi s'appelle une île voisine de Macao et c'est aussi le nom d'un géant à barbe et chevelure blanches qui vit dans les territoires sans limites de la Patagonie et de la Terre de Feu, Francisco Coloane, *don Pancho*, comme disent ses amis.

Depuis 1988 on a commencé à publier en Europe les romans de ce géant de quatre-vingt-huit ans qui compte des millions de lecteurs en Amérique du Sud. Qu'est-ce que cet écrivain a de marginal ? se demandera-t-on. La réponse est : tout, parce que don Pancho représente la plus noble des marginalités, celle d'une modestie outrancière et d'une générosité rare dans le petit monde de la littérature.

Auteur de *Tierra del Fuego*, du *Dernier mousse*, du *Sillage de la baleine*, de *El Guanaco*, parmi d'autres titres mémorables, don Pancho n'a jamais dans sa vie posé à l'écrivain, il ne s'habille pas comme on suppose que doivent le faire les écrivains, il ne s'intéresse pas aux lieux communs que l'on prête aux écrivains, car avec son énorme cœur de raconteur d'histoires et ses gestes de marin, il s'est toujours senti à son aise parmi les humbles, parmi ceux qui partagent avec lui leur vin, leurs espoirs et leurs tristesses. Don Pancho s'est impliqué dans toutes les causes justes qui ont mobilisé les Chiliens, il porte beaucoup de défaites sur le dos, mais pas un seul espoir n'est tombé de son sac de marin. C'était encore un jeune homme qui faufilait ses premiers contes quand il s'est engagé aux côtés des péons lainiers et des pêcheurs de la Terre de Feu. C'était un homme qui écrivait son premier roman quand il a ouvert sa maison aux exilés espagnols arrivés au Chili. C'était un capitaine des mers du sud, auteur de nombreux livres publiés, quand il ouvrit une fois de plus sa maison à ceux qui étaient pourchassés par la dictature de Pinochet. Aujourd'hui c'est un jeune homme à barbe et chevelure blanches qui offre sa maison aux parents des disparus et aux jeunes Chiliens qui ont encore de l'espoir.

Il y a trop de plumitifs qui font la moue quand je mentionne son nom. « C'est un écrivain de second ordre », « un auteur de romans d'aventures », « jamais il ne sera reconnu par l'Académie », disent-ils en levant leur tasse de café le petit doigt dressé.

Chevalier des Arts et Lettres en France, don Pancho n'a aucun goût pour les académies. Je me rappelle un dîner à Saint-Malo, justement en compagnie d'académiciens, où un voisin de table brisa une tasse de consommé. Don Pancho garda l'anse et, un peu plus tard, en l'enfilant au doigt comme une bague, il me dit : « C'est une arme de marin, on ne sait jamais ce qui peut arriver dans ces milieux-là ».

Pendant que j'écris, à Gijón, don Pancho fait la même chose chez lui, à Santiago, entouré d'objets de mer et de photos de ses amis. Il est en train d'écrire un roman sur les mille naufrages survenus dans le détroit de Magellan et sur les marins sans nom ni patrie enterrés à Punta Arenas. Avec toute sa force et son amour fraternel, Francisco Coloane écrit sur les hommes les plus marginaux de la terre.

LES AMANTS

L'étroite route qui relie Santo Domingo de los Colorados à Esmeraldas passe sur un pont de fer tendu à quelques mètres au-dessus des rapides du Río Esmeraldas, et seuls de rares voyageurs s'arrêtent au hameau qui s'est créé près du pont, malgré son nom prometteur : El Dorado.

Un matin de 1978, un camionneur m'y déposa et je m'approchai de l'embarcadère pour voir si un canot ne pourrait pas m'emmener en amont. Ne voyant personne, je m'assis sur mon sac à dos et attendis en écoutant l'incessante rumeur de la forêt toute proche.

Dans les terres chaudes il faut savoir attendre, ne jamais permettre que le temps devienne une charge. J'étais donc là, à attendre, quand je vis s'approcher un canot piloté par un noir d'allure athlétique qui toucha la berge, amarra son embarcation, vint s'asseoir près de moi et se roula une cigarette. Se sachant observé, il me demanda si je voulais fumer et me passa son paquet de tabac et le papier à rouler.

— Où est-ce que vous allez, si on peut savoir ? demanda-t-il.

Je lui répondis que je voulais simplement remonter la rivière jusqu'au territoire des Aucas, et il me regarda fixement.

— Comme ça vous voulez voir les Aucas. Et eux, ils veulent vous voir ?

Je ne sus que répondre et nous restâmes silencieux, jusqu'à ce qu'en me passant de nouveau l'attirail à fumer, il dise qu'il pouvait m'emmener à El Calvario, à trois heures environ en amont.

— Mais il faut attendre que mon amante arrive, précisa-t-il.

Nous attendîmes et entre-temps il me parla des Aucas qui évitaient tout contact avec les étrangers, terrorisés par les maladies qui les décimaient, et me raconta l'histoire d'El Calvario, une enclave de colons noirs vivant de la culture du manioc et de la générosité de la forêt.

— On ne vit pas mal à El Calvario, du moins pour le moment, dit-il.

Un peu avant la tombée de la nuit, un véhicule s'arrêta à l'entrée du pont et en descendit Margarita, une belle fille noire qui se jeta dans ses bras. Je sus alors que mon compagnon d'attente s'appelait Rubens.

Nous naviguâmes au crépuscule, sous la nuit noire de la forêt. Rubens semblait connaître de mémoire chaque recoin de la rivière, d'une main sûre il esquivait les tourbillons, les troncs et les rochers. Quand nous atteignîmes El Calvario les moustiques piquaient sans pitié et, après avoir attaché le canot, Rubens m'invita à passer la nuit dans sa maison de bambous au toit de palmes. Pendant que nous dînions de rondelles de manioc, ils me parlèrent d'eux. Ils s'aimaient avec passion, avec fureur, et ne voulaient jamais se marier. Leur amour non règlementé leur avait valu la haine des curés qui, deux fois par an, naviguaient le long du Río Esmeraldas en mariant les couples, et des pasteurs de l'Institut linguistique d'été, des balourds d'Américains qui les accusaient de concubinage. Etre amants était pour Rubens et Margarita une agréable forme de résistance.

Je restai deux semaines à El Calvario. Pendant que

Margarita accomplissait ses tâches de monitrice de santé, Rubens et moi pêchions des gratte-radeaux que nous mangions le soir cuisinés dans une sauce à la noix de coco. Parfois on voyait passer des Aucas sur une pirogue. C'étaient des Indiens tristes, aux yeux bridés qui ne regardaient pas la rive. Un jour où nous étions partis tous les trois à la chasse, nous trouvâmes deux Aucas morts à côté d'un foyer froid. Margarita les examina et hocha tristement la tête. Ils avaient tous la varicelle et le suicide était la seule manière de ne pas contaminer la tribu.

— Tu veux encore aller en territoire auca ? me demanda Rubens tandis qu'il ramassait du bois sec pour brûler les corps.

Je pris congé des deux amants un matin de forte pluie. La forêt était plongée dans le silence et c'est sans doute pourquoi nous entendîmes très nettement l'effrayant ronflement des tronçonneuses. Le progrès, sous la forme de la compagnie de bois Playwood, atteignait les forêts du nord de l'Equateur.

Le canot qui me ramenait à la route s'éloigna et je les vis tous deux sous la pluie, comme toujours, main dans la main. Ainsi les ai-je gardés en mémoire et ainsi je les garde, d'autant plus qu'une photographie récente m'a montré le hameau d'El Calvario au milieu d'un territoire désertifié.

Que sont devenus Margarita et Rubens, amants d'une forêt verte qui n'existe plus que dans ma mémoire ?

GÁSFITER

Ainsi s'appelle au Chili le plombier, et maître Correa était un *gásfiter* fier de son métier. « Tout peut se réparer, sauf la mort », disait le code déontologique écrit sur sa vieille caisse à outils, et, fidèle à cette maxime, il parcourait les rues de San Miguel, de La Cisterna et de La Granja, en réparant les tuyauteries, éliminant le goutte-à-goutte des robinets qui provoque des nuits d'insomnie, soudant les fissures de la vie avec son chalumeau à kérosène.

La plupart des *gásfiter* quittaient très tôt leurs quartiers ouvriers et, agrippés à des autobus bondés, prenaient le chemin du « quartier haut », la zone des riches, l'autre Chili étranger et lointain. Là il y avait du travail en veux-tu-en voilà, et, de temps en temps, un patron généreux leur donnait un pourboire.

Maître Correa détestait le mot patron, si bien qu'il ne quitta jamais ses quartiers. Il considérait qu'il y était véritablement nécessaire car lorsque quelque chose ne marchait plus dans une maison de riches, ceux-ci la remplaçaient purement et simplement, en revanche, parmi les siens, il fallait prolonger la vie si utile des appareils et en cela résidaient les secrets de son métier.

D'un œil exercé il examinait un robinet aux gouttes rebelles et à la question de la maîtresse de maison demandant s'il fallait en installer un neuf, il répondait en faisant l'éloge des fabricants, citait les caractéristiques nobles du métal et la perfection de ses éléments dans lesquels il aimait à retrouver des détails du Bauhaus ou de l'art déco. Enfin, avec une précision de chirurgien, il procédait au démontage du robinet et lançait : « Tout se répare, sauf la mort ».

Il ne buvait pas car il considérait qu'une main ferme était fondamentale pour son activité. Avec passion, il consultait ou lisait des publications sur l'architecture qu'il achetait chez des marchands de livres d'occasion, s'émouvait aux larmes en décrivant les éléments de quelque nouveau matériau de construction, et s'autorisait comme seul luxe d'aller au stade pour y assister aux compétitions sportives universitaires. Maître Correa voyait dans les athlètes des mécanismes parfaits, exempts de vert-de-gris et de toute trace de rouille.

Il y a un peu plus d'un an, il se sentit mal, et les médecins diagnostiquèrent un cancer avancé, déjà en phase terminale. Le *gásfiter* avait placé son chalumeau de kérosène au pied de son lit et l'observait d'une mine soucieuse, avec une angoisse qui n'était pas due à la certitude de sa mort, mais à l'abandon qui attendait les robinets, les tuyaux et tant d'appareils qui dépendaient de ses mains.

Il avait quelque chose à faire et il le fit. Rassemblant ses dernières forces, il convoqua les clientes qu'il considérait comme les plus proches, leur expliqua que le monde ne pouvait pas rester à la merci du vert-de-gris et de la rouille, et partagea avec elles tous les secrets de son métier.

Il y a quelques jours, à Santiago, sa fille Doris m'a raconté cette université de la plomberie, les outils qui passaient de main en main, tandis que les apprenties répétaient les mots techniques comme dans les vieux rituels d'initiation. Il y eut beaucoup de monde à l'enterrement de maître Correa, et parmi les parents et les voisins se détachait le bataillon des femmes *gásfiter*.

Ce qui se passe dans les quartiers riches ne m'a jamais intéressé, en revanche je me soucie du sort de mon quartier San Miguel, de La Granja et de La Cisterna. Et c'est un soulagement de savoir que les disciples de maître Correa sillonnent les rues outils à l'épaule, entrent dans les maisons et se chargent de faire couler l'eau libre et pure, sans scories, comme la grande vérité solidaire des pauvres, celle qui jamais ne se rouille.

Joyeux Noël !

Un matin de décembre 1981 je me trouvais au bar de l'aéroport de Hambourg où j'attendais l'arrivée d'un ami hollandais qui m'était cher. Nous nous étions vus pour la dernière fois en 1972, de sorte que nous avions à nous raconter les années d'absence, ce qui exigerait de vider pas mal de bouteilles de vin rouge. C'est à cela que je pensais en buvant une bière et en lisant *El País*, qui arrivait à l'époque en Allemagne avec un jour de retard, lorsqu'une voix de femme me demanda en espagnol de lui prêter la page de la météo. J'avais devant moi une belle femme aux yeux d'un bleu intense et à la chevelure longue et blonde.

Nous nous saluâmes, je lui passai la page des informations météorologiques et je l'entendis protester parce qu'il n'y avait rien sur le temps à Managua. Nous échangeâmes quelques mots, je lui dis que j'attendais un ami que je n'avais pas vu depuis neuf ans et elle me confia qu'elle attendait son grand amour, qu'elle n'avait pas vu depuis quatre ans. Nous nous dirigeâmes ensemble vers la porte des arrivées et regardâmes les passagers qui sortaient en poussant des chariots à bagages.

Je vis apparaître mon ami Koos Koster, fidèle à l'image que je gardais de lui. Grand, dégingandé, avec une chemise à carreaux et une mèche sur le front. Comme toujours, il portait une caméra de télévision. Koos s'avança, me fit un clin d'œil et ouvrit ses bras dans lesquels il accueillit la blonde aux yeux bleus.

Nous achevâmes les présentations dans le même bar de l'aéroport. Elle s'appelait Christa, était chirurgien et avait connu Koos à Leipzig, lors d'un meeting de solidarité avec le Nicaragua. Koos lui parla de nos aventures au sud du Chili où nous avions participé, en militants, à la campagne politique qui avait conduit Salvador Allende au pouvoir, et plus tard, cette fois dans un bar du port, Christa raconta son odyssée pour fuir la RDA, ils me dirent qu'ils comptaient se marier et aller vivre au Nicaragua. Elle travaillerait dans un hôpital de Managua et Koos serait correspondant pour l'Amérique centrale de la chaîne Ikon. C'était un beau plan que nous célébrâmes en nous souhaitant joyeux Noël ! Ça oui, nous l'avons célébré.

Pendant les semaines suivantes nous fûmes inséparables, jusqu'à ce qu'en février, Koos annonce qu'il devait partir en reportage au Salvador. Nous promîmes d'aller le chercher à l'aéroport à son retour, mais nous ne pûmes le faire car il ne revint jamais.

Koos Koster, en même temps que quatre journalistes hollandais, fut assassiné par l'armée salvadorienne avec la complicité des conseillers militaires des Etats-Unis.

Par une matinée très froide, nous accompagnâmes les restes de Koos dans un petit cimetière hollandais. Les yeux bleus de Christa regardaient le sol gelé. « Je m'en vais », marmonna-t-elle. Je lui demandai où. « Remplacer mon compagnon », répondit-elle.

Il n'y a rien de plus dur que de dire adieu à un camarade qui part au combat. Oui, au combat, sans euphémisme, car Christa s'enrôla dans la guérilla salvadorienne, et naturellement je restai de nombreuses années sans nouvelles. Nous nous étions séparés sur un « Joyeux Noël ! » et avions décidé que ce serait pour toujours notre salut, car chaque fois que nous le prononcerions nous serions de nouveau tous les trois réunis. Joyeux Noël !

En 1986, je me rendis au Salvador comme journaliste, j'y trouvai le bout de l'écheveau clandestin et demandai aux *muchachos* de me conduire à Chalatenango, la zone libérée. Là, dans un village de *Chalate*, je rencontrai un médecin de la guérilla aux yeux d'un bleu intense et à la longue chevelure blonde. « La camarade Victoria », c'est ainsi qu'on me la présenta.

« Joyeux Noël ! » lui dis-je. « Joyeux Noël ! » me répondit-elle.

Nous ne pouvions pas montrer que nous nous connaissions : c'était dangereux, surtout pour moi, de sorte que nous nous sommes contentés de nous regarder, et moi, ensuite, de l'observer en train de s'occuper des dizaines de blessés, d'expliquer comment extraire du sérum des noix de coco, d'opérer en plein air, de soigner des blessures avec des médicaments sophistiqués ou de simples plantes médicinales.

L'hôpital de « Victoria » consistait en quatre hamacs, une table d'opération en bambou, une armoire à pharmacie contenue dans les sacs à dos de deux porteurs et une marmite pour faire bouillir de l'eau et stériliser les instruments et les bandages. Jamais la vie ne m'a paru aussi fragile. Et jamais je n'ai vu la vie entre de meilleures mains.

Chaque fois que l'armée salvadorienne ou l'aviation attaquait les positions de la guérilla, l'hôpital déménageait dans un autre endroit de la forêt. Les malades sur des civières, les instruments dans les sacs à dos, et « Victoria » distribuant encouragements, antibiotiques et espoirs.

Je sais qu'elle a survécu et qu'à la fin de la guerre elle continuait à diriger un hôpital de campagne. Chez moi, dans un coin, l'attendent les livres – les poèmes d'Erich Mühsam – qu'elle a laissés en partant.

Où que tu sois, Christa, « Victoria », joyeux Noël !

Compa

Mot juteux et sec en même temps. Mot dur et tendre qui vient de *compañero* et de *compadre*. Je le répète quand la solitude me guette et il me ramène près de tous mes *compas* du Costa Rica, du Nicaragua, du Salvador, du Chiapas, et particulièrement à l'un d'eux qui vit à Caleta Chica, près de Talcahuano, dans le froid du Sud chilien.

En 1968, nous avions baptisé son fils unique avec de l'eau de mer, car il était né au bord du Pacifique. En tant que parrain, je lui offris de douces peaux de mouton pour attiédir son berceau, pendant la fête nous dévorâmes les fruits de mer qu'offrait ma *comadre* et célébrâmes avec force vin la complicité qui naissait entre nous quand nous nous appelions chaleureusement *compa*.

Mon *compa* a toujours été un homme peu bavard. Souvent je suis arrivé chez lui – la seule maison entourée de pots de géraniums – et, bien que nous ayons passé plusieurs mois sans nous voir, il me saluait par ces mots : « Qu'est-ce que vous voulez manger, *compa* ? » Et ma réponse était toujours la même : « Vous savez bien, *compa*. »

Alors nous partions en mer, je le voyais enfiler quatre ou cinq gilets de laine, se glisser dans une tenue de plongée plus que rafistolée, guider son assistant qui serrait les boulons du scaphandre, se tenir debout avec ses chaussures plombées sur un petit trapèze qui pendait de la coque et nous donner l'ordre de le faire descendre dans la solitude glacée sous-marine.

Il disparaissait lentement. J'orientais le trapèze et l'assistant actionnait la pompe à air qui reliait le plongeur à la vie.

Une secousse du câble nous indiquait qu'il avait touché le fond et dans l'embarcation on n'entendait plus qu'un Notre-Père marmonné par l'assistant comme un moyen infaillible de pomper l'air. Après un temps interminable il émergeait chargé d'énormes fruits de mer augurant de la fête qui nous attendait dans sa maison entourée de géraniums.

Nous cessâmes de nous voir pendant quinze ans, mais quand on me permit de rentrer au Chili, en 1989, ma première visite fut pour Caleta Chica.

La maison n'avait pas changé, les géraniums me parurent démultipliés, mais sur le visage de ma *comadre* la tristesse avait laissé des traces. Quand je lui demandai des nouvelles de mon filleul, elle eut à peine le temps de murmurer « la mer l'a emporté », car à cet instant apparut mon *compa*.

Nous nous embrassâmes tous les trois. Nous nous étreignîmes. Nous pleurâmes et quand j'essayai de dire quelque chose du genre « Je suis désolé », mon *compadre* me prit par les épaules, me regarda dans les yeux et me demanda : « Qu'est-ce que vous voulez manger, *compa* ? » « Vous savez bien, *compa* », répondis-je.

Des gens du bout du monde j'ai appris qu'il fallait protéger la tendresse par la dureté et que la douleur ne pouvait pas nous paralyser. En 1985, quand la tempête avait emporté son fils unique, mon *compa* se trouvait dans la clandestinité, en train de lutter contre la dictature, et il ne put même pas assister au rituel lancer de fleurs à la mer. Il pleura ce qu'il fallait pleurer beaucoup plus tard, au fond de la mer, dans le petit univers circulaire de son scaphandre de plongée.

Nous nous voyons tous les deux ans, mais qu'importent la distance et le temps si j'ai la certitude qu'en un lieu de la côte chilienne m'attend une maison entourée de géraniums et, parmi tant d'ordures universelles, la dignité de gens qui gagnent vraiment le pain qu'ils mangent.

LA VOIX DU SILENCE

En mars 1996, le vendeur d'une librairie de Santiago me donna une étrange nouvelle.

— Il y a quelques jours s'est présenté un type bizarre avec une photo de toi découpée dans un journal. C'était un type étrange, très étrange, il ne disait rien et se contentait de montrer la photo. Il est resté des heures planté là, jusqu'à ce que, bien évidemment, on le vire.

Evidemment. Je déteste les évidences décidées par d'autres. Je voulus en savoir plus, mais le vendeur ne se rappelait aucune autre particularité du mystérieux visiteur. Je sortis de mauvaise humeur de la librairie et, comme je redescendais la rue, je sentis qu'on me touchait le bras. C'était la caissière de la librairie.

— Je n'en suis pas très sûre, mais il me semble avoir déjà vu celui qui te cherchait. C'est un homme jeune, très maigre et qui a l'habitude d'attendre quelqu'un devant le marché.

Les jours suivants, à des heures différentes, je parcourus le pâté de maisons du beau et vétuste marché central de Santiago, un édifice construit par un remarquable disciple d'Eiffel où s'étalent les meilleurs fruits de la terre et de la mer. Je vis sortir des centaines de femmes et d'hommes chargés de sacs, entrer des dizaines de vagabonds qui s'apprêtaient à se refaire une santé avec des coquillages crus, des gamins vendeurs, des aveugles chanteurs de tangos nostalgiques, mais l'homme maigre, que je connaissais sûrement, ne donnait pas signe de vie.

C'est au soir du quatrième jour que je le vis, et je ressentis un choc dans la poitrine, car devant moi se trouvait un cher et noble camarade que, comme beaucoup d'autres, je croyais perdu quelque part dans le monde. Je le serrai dans mes bras en lui disant la seule chose que je savais de lui : « Oscar », car c'était sous ce nom que je l'avais connu à Quito presque vingt ans plus tôt, mais « Oscar » ne répondit pas à mon accolade, ni ne réagit, et comme je le secouai en lui répétant que c'était moi, je vis ses bras ballants dans une attitude d'abattement, sa tête légèrement courbée et ses yeux baignés d'une humidité qui ne voulait pas céder le pas aux larmes.

Nous nous regardâmes. Je ne savais même pas son vrai nom. Nous nous étions connus pendant les années dures, quand, même en exil, la clandestinité imposait ses lois salvatrices et exigeait que nous en sachions le moins possible les uns sur les autres.

Il y avait de l'affection dans ses yeux et je lui posai de nombreuses questions pour savoir ce qui lui arrivait, où il vivait, s'il avait envie de boire quelque chose, mais il ne répondait pas et j'en arrivais à me demander s'il me comprenait.

Nous restâmes ainsi près de deux interminables heures. Moi, parlant, et « Oscar » répondant de ses yeux brillants dans un langage que je ne parvenais pas à déchiffrer, jusqu'à ce qu'une femme, une de ces femmes prématurément vieillies dont les rides nous répètent que la dictature ne leur a pas seulement volé des parents et des amis, mais aussi des années de vie, s'approche alarmée et, d'une voix triste, m'informe qu'« Oscar » ne pouvait pas parler, qu'il pouvait à peine marcher après des années d'invalidité, mais que, apparemment, il comprenait.

Elle me dit qu'elle devait se dépêcher de le conduire aux toilettes du marché, je proposai de les accompagner, mais elle refusa en me faisant comprendre que cela ferait honte à mon ami.

— Attendez ici, on revient dans cinq minutes, dit-elle, mais ils ne revinrent pas.

A partir de ce jour, j'ai passé trois ans à faire des recherches sur un camarade dont le nom de guerre était « Oscar », parmi les Chiliens, les Argentins et les Uruguayens qui avaient séjourné en Equateur. En vain. Personne ne savait rien et j'étais sur le point de jeter l'éponge quand une rencontre fortuite avec un Vénézuélien me dévoila l'histoire d'« Oscar », que je vais raconter maintenant en commençant par la phrase magique avec laquelle commencent les belles histoires.

Il était une fois un jeune homme d'un quartier prolétaire qui, au prix de gros efforts, travaillait en même temps qu'il faisait des études d'électricien. Il voulait éclairer son pays pour que personne ne bute sur les écueils de l'obscurité et il devint un dirigeant syndical actif pendant le gouvernement d'Allende. Après la défaite il partit en exil et ses désirs d'illuminer le monde le conduisirent au Nicaragua où il combattit la dictature de Somoza. Du Nicaragua il retourna clandestinement au Chili pour mettre fin à l'obscurité dans son pays. Un jour de 1982, il tomba aux mains des bourreaux, et comme c'était un homme conséquent au-delà de toutes limites, il ne dit pas un mot, ne chercha pas de visages connus parmi les prisonniers, ne fit rien qui eût mis en danger ses camarades. Comme ils ne parvenaient pas à briser sa volonté par la torture, les bourreaux décidèrent de l'utiliser comme piège : ils le relâchèrent en rase campagne, converti en loque, invalide, la colonne vertébrale sérieusement lésée, incapable de bouger, même les paupières. C'était, d'une part, un message de terreur clair et net, et d'autre part, un appât, car la solidarité obligerait ses camarades à venir jusqu'à lui.

Il était une fois un jeune homme, un électricien, qui avait fait de l'immobilité et du silence une inébranlable barricade.

Dans peu de temps, « Oscar » partira en Europe où il sera soigné par des spécialistes qui – pourvu qu'ils y arrivent – rendront possible qu'il prononce lui-même un jour son véritable nom, raconte son histoire indispensable, et que sa voix d'ouvrier triomphe pour toujours de l'obscurité et du silence.

A LA VÔTRE, PROFESSEUR GÁLVEZ !

Le 11 septembre prochain, vingt-cinq ans se seront écoulés depuis le coup d'Etat militaire sanglant qui mit fin à l'exemplaire démocratie chilienne, assassina et fit disparaître des milliers de femmes, d'hommes, d'enfants, frappa, tortura et condamna à l'exil des centaines de milliers de citoyens de la nation australe.

Le calendrier donnera l'occasion de se souvenir de nombreux hommes et il sera juste de prononcer de nouveau celui de Salvador Allende, un homme digne et conséquent jusqu'à son dernier souffle. Avec dégoût on nommera les responsables directs de la félonie et certains de ceux qui attisèrent, avec des dollars, le feu de l'infamie.

Plus d'un, parodiant Boris Vian, se demandera si Henry Kissinger est mort, pour aller cracher sur sa tombe. D'autres se rappelleront simplement les rêves heureux tronqués, la jeunesse emportée par le plomb et la prison.

Ce jour-là, je déboucherai une bouteille de vin chilien et je lèverai mon verre en souvenir de don Carlos Gálvez, du professeur Gálvez, du pédagogue de la dignité.

Le 11 septembre 1973, le professeur Gálvez enseignait l'espagnol dans une petite école rurale près de Chillán, au sud du pays. Il approchait les soixante ans, il était veuf et avait pour seule famille un fils, étudiant en agronomie à l'université de Concepción, et ses élèves.

Le fils, comme des milliers de jeunes, fut un jour avalé par la machine de la terreur. Pendant deux ans don Carlos Gálvez frappa à toutes les portes, parla à des gens aimables ou hargneux, dignes ou apeurés, solidaires ou vainqueurs, il reçut des rires, des insultes, mais aussi des phrases de consolation. Il ne lâcha pas prise jusqu'à ce qu'il le retrouve, transformé en une ruine, mais vivant.

En 1979, don Carlos Gálvez, « socialiste, laïque et buveur de vin rouge », parvint à sortir son fils de prison et l'envoya en République Fédérale d'Allemagne, converti en exilé, mais vivant.

Les séquelles de la torture présentèrent l'addition à de nombreux Chiliens au moment où ils reprenaient la vieille habitude de vivre. Le fils de don Carlos fut l'un d'entre eux. Il mourut à Hambourg en 1981 et le professeur Gálvez s'envola pour l'Europe avec une petite valise pour assister à l'enterrement.

Je fis sa connaissance au cimetière. C'était une froide matinée de février et les arbres aux branches gelées suggéraient un bois de verre serein. Don Carlos, debout devant la tombe, lut un poème de Cesar Vallejo : *Il écrivait toujours de son doigt pointé en l'air, Vivent les camarades ! avec le V de vautour dans les entrailles, Vivent les camarades !*

Que laisse un exilé ? Quelques photos, la calebasse du maté, la pipette d'argent, des livres de Neruda. Tout cela, don Carlos le rangea dans sa petite valise et repartit quelques jours plus tard au Chili. A l'aéroport de Santiago, un fonctionnaire lui cracha au visage qu'il ne pouvait pas rentrer, car les activités subversives qu'il avait menées en Allemagne – il n'avait fait qu'assister à l'enterrement de son fils – le privaient du droit de vivre au Chili.

Don Carlos Gálvez, le professeur Gálvez repartit à Hambourg avec sa petite valise. Au bout de deux ou trois mois il parlait assez bien l'allemand pour vendre des journaux à l'entrée du métro : « L'homme digne gagne son pain avant de le porter à la bouche ». Et six mois plus tard, aidé par les émigrés espagnols de l'association littéraire El Butacón, il donnait des cours de castillan à des enfants espagnols et latino-américains. A presque soixante-dix ans, le professeur Gálvez servait de médiateur pour résoudre des différends entre exilés, corrigeait l'orthographe des documents politiques et, tous les matins, partait au lever du jour faire une longue promenade sur le port.

« Il y avait deux bateaux chiliens. J'ai parlé avec les marins », me racontait-il plus tard, lorsque nous déjeunions ensemble le lundi et le vendredi, les jours où don Carlos me rendait un livre et en emportait un autre. Machado, León Felipe, Miguel Hernández, Lorca, Alberti devinrent ses frères d'âme. Plusieurs fois, sans qu'il s'en aperçoive, je l'ai observé, tout emmitouflé et ganté, en train de lire dans un jardin public. Subitement il refermait son livre, le serrait contre sa poitrine et ses yeux se tournaient vers le ciel froid de Hambourg.

En 1984, nous fîmes ensemble un voyage à Madrid – son premier et dernier voyage en Espagne –, et au café Gijón, assis à une table peut-être occupée jadis par un de ses poètes, je le vis pleurer d'un sanglot dur, rebelle, comme seuls pleurent les vieux qui ont une histoire. Inquiet, je lui demandai s'il se sentait mal, et sa réponse m'enseigna la plus frappante des vérités : « Nous sommes de retour dans la patrie, tu comprends ? Notre langue c'est notre patrie. »

L'hiver 85 fut très dur, don Carlos contracta une pneumonie qui le conduisit à la tombe. Quelques jours avant qu'il entre à l'hôpital d'Altona je lui rendis visite dans son petit appartement d'homme seul et je le trouvai ivre de bonheur à la suite d'un rêve heureux : « J'ai rêvé que j'étais dans ma petite école en train d'apprendre les verbes réguliers à un groupe d'enfants tout petits. Et en me réveillant j'avais les doigts pleins de craie. »

Pour les vingt-cinq ans du crime qui a mutilé notre vie, je lève mon verre et porte un toast : A votre santé, don Carlos Gálvez ! A la vôtre professeur Gálvez ! Vivent les camarades !

LA BRUNE ET LA BLONDE

Je les vois marcher dans Venise et je reste derrière elles ou je me rapproche pour mieux les observer, pour mieux profiter d'elles, parce que toutes les deux sont belles et enveloppent l'après-midi automnal de cette singulière beauté qu'elles ont atteinte vers l'âge de quarante-cinq ans, une beauté mûre de plaisirs et de coups, d'amours bus jusqu'à la dernière goutte et de colères qui ne s'éteignent jamais.

Elles ne se sont pas connues dans un jardin ni dans un bal, mais dans les cachots d'une bâtisse sinistre appelée Villa Grimaldi, dont l'identité s'inscrit dans la toponymie universelle de l'horreur et de l'infamie.

Il faisait nuit à Santiago du Chili quand la brune fut arrachée de chez elle, séparée de son fils par la force, poussée brutalement dans une voiture sans plaques et retranchée du monde par une bande de sparadrap sur les yeux.

Aujourd'hui, vingt-cinq ans plus tard, elle regarde le soleil qui se reflète dans les canaux et sourit.

Il faisait nuit à Santiago du Chili quand la blonde fut arrachée de chez elle, séparée de son fils par la force et du portrait de son compagnon assassiné, traînée vers une voiture sans plaques et retranchée du monde par une bande de sparadrap sur les yeux.

Aujourd'hui, vingt-cinq ans plus tard, elle regarde les pigeons de la place Saint-Marc et sourit.

Ce n'était ni la nuit ni le jour quand la brune, nue et tremblante après les premiers interrogatoires, releva légèrement le bandeau qui lui couvrait les yeux. Temps mort. Temps sans mesure. La brune se vit sale d'hématomes provoqués par les coups, de brûlures que laissent les électrodes. Alors elle se mordit les lèvres et, avec tout l'amour du monde, murmura : « Je n'ai pas parlé, je ne leur ai rien dit, ils ne m'ont pas vaincue. »

Ce n'était ni la nuit ni le jour quand la blonde, nue et tremblante après les premiers interrogatoires, releva légèrement le bandeau qui lui couvrait les yeux. Temps suspendu. Temps sans mécanismes régulateurs. La blonde se vit sale de marques de bottes, de traces de la *picana* électrique qui avait marqué sa peau. Alors elle se mordit les lèvres et, avec tout l'amour du monde, murmura : « Je n'ai pas parlé, je ne leur ai rien dit, ils ne m'ont pas vaincue. »

Elles pleurèrent, c'est certain, mais peu, parce que les femmes glorieuses de ma génération et de mon histoire ne permirent pas à la douleur de supplanter les devoirs, qui étaient : organiser le silence, tromper les salauds en uniforme, résister.

Quand elles se virent pour la première fois sous le minuscule soleil de vingt-cinq watts qui éclairait par moments la cellule, elles se cherchèrent pour se redonner de la chaleur, cette petite chaleur chilienne, humaine et clandestine, petite chaleur efficace des militantes qui, en pansant mutuellement leurs blessures échangeaient des informations sur le peu qu'elles avaient vu.

« Je crois que nous sommes à tel endroit. » « Il y a un fils de pute qui s'appelle Kraff Marchenko et c'est un des plus bestiaux. » « Je les ai vus sortir deux femmes qui ne bougeaient plus. » « N'accepte jamais de l'eau après la *picana* électrique. »

A travers un judas, les bourreaux les observaient, abattues, selon eux, vaincues, selon eux. Pauvres types ! Incapables de comprendre que ces deux corps étaient une cellule de la Résistance.

Aujourd'hui, vingt-cinq ans plus tard, elles se souviennent qu'elles parlaient aussi d'autres choses : « Ton rimmel a coulé », disait la brune en caressant les yeux violacés de la blonde. « Quel rouge à lèvres moche », disait la blonde en caressant les lèvres enflées de la brune.

Elles voyageaient dans leur cellule, entre deux séances de torture elles visitaient Rome, Londres, Tolède, São Paulo. Elles chantaient des chansons de Serrat et de Violeta Parra. Elles récitaient des poèmes de Neruda et d'Antonio Machado. Elles cuisinaient avec les épices des souvenirs heureux. La brune était poète et voulait être un grand poète. La blonde était journaliste et voulait être une grande journaliste.

Aujourd'hui, vingt-cinq ans plus tard, Carmen Yáñez, la brune, voit ses poèmes publiés en Espagne, en Allemagne, en Suède et en Italie. Marcia Scantlebury, la blonde, voit ses articles publiés dans de nombreuses langues.

Je les regarde marcher, comme elles sont belles ! Que je ralentisse ou me rapproche, elles me paraissent chaque fois plus belles, les pigeons s'envolent à leur passage et écrivent dans le ciel « Salut camarades ! » et un touriste japonais, un Italien et un parfait apatride leur jettent un regard séducteur. Elles sourient et se rappellent qu'un satrape en uniforme de la Villa Grimaldi les traitait de « putes d'ultra-gauche » quand il avait épuisé le répertoire des pauvres insultes militaires.

La brune et la blonde. Carmen et Marcia. Elles vont de leur démarche assurée et avec la fierté de celles qui ont tout risqué. Ces corps qui parlent de l'amour gardent l'amour de tous ceux qui sont tombés. Ces lèvres qui incitent au baiser se plaignirent mais ne prononcèrent jamais un nom de personne, d'arbre, de rivière, de montagne, de bois, de fleur, de rue. Elles ne dirent rien qui aurait pu servir d'indice aux bourreaux. Et ces yeux qui se baignent de lumière et qui illuminent ont dignement pleuré nos morts.

Jeunes filles en fleurs et minijupes des années 70, révoltées des amphis et des mœurs subversives de l'amour et des idées, camarades de cœur et d'espoir, avec quelle fierté je les contemple, mes jeunes filles éternelles !

TABLE

Histoires marginales	7
Une nuit dans la forêt Aguaruna	11
L'île perdue	15
Les Jumeaux Duarte	19
Mister Simpah	23
Sur les traces de Fitzcarraldo	27
Shalom, poète	35
Le pirate de l'Elbe	39
Chuchú et le souvenir de Balboa	43
Le pays des rennes	53
Baleines de Méditerranée	63
Tano	67
Cavatori	71
Un homme nommé Vidal	75
Le douanier de Laufenburg	79
Les roses d'Atacama	83
Fernando	87
Rêver s'écrit avec le « r » de Salgari	91
Un certain Lucas	95
L'amour et la mort	99
Les roses blanches de Stalingrad	103
« 68 »	107
Papa Hemingway est visité par un ange	111
Juanpa	115
Rosella, la plus belle	119
Asturies	123
Monsieur personne	127
Coloane	131
Les amants	133
Gásfiter	137
Joyeux Noël !	141
Compa	145
La voix du silence	149
A la vôtre, Professeur Gálvez !	153
La brune et la blonde	157

Suites

ALDISS, Brian
Un petit garçon élevé à la main (N° 56)
Soldat, lève-toi... (N° 57)
Un rude réveil (N° 58)

AMPUERO, Fernando
Caramel vert (N° 24)

BATHELOT, Lilian
Le Rire d'Olga (N° 69)

BRAUCCI, Maurizio
La Mer détraquée (N° 54)

BRYCE-ECHENIQUE, Alfredo
Un monde pour Julius (N° 43)

CARLOTTO, Massimo
Arrivederci amore (N° 73)

DA CUNHA, Euclides
Hautes terres (N° 7)

DAZIERI, Sandrone
Sandrone & Associé (N° 47)
Sandrone se soigne (N° 55)

Des nouvelles du Brésil (N° 12)

Des nouvelles de Cuba (N° 39)

Des nouvelles du Portugal (N° 30)

DELFINO, Jean-Paul
Embrouilles au Vélodrome (N° 62)

DÍAZ, Jésús
Les Paroles perdues (N° 53)

ERIKSEN, Jens-Martin,
Anatomie du bourreau (N° 67)

FAJARDO, José Manuel
Les Imposteurs (N° 76)

FRANCO-RAMOS, Jorge
La Fille aux ciseaux (N° 48)

GABEIRA, Fernando
Les Guérilleros sont fatigués (N° 9)

GIARDINELLI, Mempo
Le Dixième Cercle (N° 23)
Luna caliente (N° 61)

GRIMALDI, Laura
La Peur (N° 44)
Le Soupçon (N° 45)
La Faute (N° 68)

HEIN, Christoph
La Fin de Horn (N° 18)
L'Ami étranger (N° 38)

Histoires étranges et fantastiques d'Amérique latine (N° 1)

Histoires d'amour d'Amérique latine (N° 59)

JODOROWSKY, Alejandro
L'Arbre du dieu pendu (N° 14)
Albina et les hommes-chiens (N° 40)
Opéra panique (théâtre) (N° 42)
L'Enfant du Jeudi noir (N° 63)

JORGE, Lídia
Le Rivage des murmures (N° 20)
La Forêt dans le fleuve (N° 31)

LITTIN, Miguel
Le Voyageur byzantin (N° 71)

LOBO ANTUNES, Antonio
Le Cul de Judas (N° 3)
Fado Alexandrino (N° 17)

MACHADO DE ASSIS, J.-M.
Le Philosophe ou le chien (N° 4)
La Montre en or (N° 10)
Mémoires posthumes de Brás Cubas (N° 33)
Dom Casmurro et les yeux de ressac (N° 51)
La Théorie du médaillon et autres contes (N° 52)

MAÑAS, José Angel
Je suis un écrivain frustré (N° 16)

MERCE ROCA, Maria
Un temps pour perdre (N° 41)

NATOLI, Luigi
Histoire des Beati Paoli-Tome 1 : Le Bâtard de Palerme (N° 35)
Histoire des Beati Paoli-Tome 2 : La Mort à Messine (N° 36)
Histoire des Beati Paoli-Tome 3 : Coriolano (N° 37)

OSORIO, Elsa
Luz ou le temps sauvage (N° 65)

PADURA, Leonardo
Electre à La Havane (N° 27)
Mort d'un Chinois à La Havane (N° 49)
L'Automne à Cuba (N° 60)

PIÑERA, Virgilio
Nouveaux contes froids (N° 25)

QUADRUPPANI, Serge
Corps défendant (N° 46)
La Nuit de la dinde (N° 74)

RIVERA LETELIER, Hernán
La Reine Isabel chantait des chansons d'amour (N° 70)

DE QUEIRÓS, Eça
La Tragédie de la rue des fleurs (N° 32)

QUIROGA, Horacio
Les Exilés (N° 5)
Le Désert (N° 29)
Contes d'amour de folie et de mort (N° 34)

SAMPEDRO, José Luis
Le Sourire étrusque (N° 2)
Le Fleuve qui nous emporte (N° 22)

SCORZA, Manuel
Roulements de tambours pour Rancas (N° 15)

DE SENA, Jorge
Signe de feu (N° 28)

SEPÚLVEDA, Luis
Journal d'un tueur sentimental (N° 8)
Yacaré, Hot Line (N° 19)

SOUZA, Marcio
L'Empereur d'Amazonie (N° 13)
Mad Maria (N° 50)

TAIBO II, Paco Ignacio
De passage (N° 6)

TORRES, Antônio
Cette terre (N° 64)

TORRES, Maruja
Une chaleur si proche (n° 72)

TREVISAN, Dalton
Le Vampire de Curitiba (N° 11)

TSCHINAG, Galsan
Ciel bleu (N° 21)

VIANNA, Vinicius
La Dernière Ligne (N° 26)

Suites Sciences Humaines

1. Michael POLLAK
L'Expérience concentrationnaire

2. David LE BRETON
Passions du risque

3. David LE BRETON
Éloge de la marche

4. PASCAL DIBIE
Ethnologie de la chambre à coucher

5. Jean-Luc NANCY
Corpus

6. Michel POIZAT
L'Opéra ou le cri de l'ange

7. Corneille JEST
La Turquoise de vie

8. David LE BRETON
Des visages

9. Rémi HESS
La Valse

Impression réalisée sur CAMERON par

BUSSIÈRE CAMEDAN IMPRIMERIES

GROUPE CPI

*à Saint-Amand-Montrond (Cher)
en avril 2003*

*Cet ouvrage a été reproduit par procédé photomécanique
par I.G.S.-Charente Photogravure à L'Isle d'Espagnac (16)*

N° d'édition : 2475001. — N° d'impression : 031552/1.
Dépôt légal : mai 2003.

Imprimé en France